未完成的世界

Juan José Millás

EL MUNDO

〔西班牙〕胡安·何塞·米利亚斯 著

欧阳石晓 译

人民文学出版社
PEOPLE'S LITERATURE PUBLISHING HOUSE

著作权合同登记号　图字 01-2020-1518

Juan José Millás
EL MUNDO

Copyright © 2007 by Juan José Millás
This edition published in arrangement through Casanovas & Lynch Literary Agency S.L.
All rights reserved.

图书在版编目(CIP)数据

未完成的世界/(西)胡安·何塞·米利亚斯著；
欧阳石晓译. —北京：人民文学出版社，2023
ISBN 978-7-02-018023-3

Ⅰ.①未… Ⅱ.①胡… ②欧… Ⅲ.①长篇小说-西班牙-现代 Ⅳ.①I551.45

中国国家版本馆 CIP 数据核字(2023)第 097227 号

| 责任编辑 | 胡司棋　杜玉花　欧雪勤 |
| 封面设计 | 汪佳诗 |

出版发行	人民文学出版社
社　　址	北京市朝内大街 166 号
邮政编码	100705
印　　制	凸版艺彩(东莞)印刷有限公司
经　　销	全国新华书店等
开　　本	889 毫米×1194 毫米　1/32
印　　张	7.625
字　　数	110 千字
版　　次	2023 年 7 月北京第 1 版
印　　次	2023 年 7 月第 1 次印刷
书　　号	978-7-02-018023-3
定　　价	69.00 元

如有印装质量问题，请与本社图书销售中心调换。电话：010-65233595

目 录

第一部分　寒冷…………………………………　1

第二部分　街道…………………………………　41

第三部分　"对我而言你太无趣"………………　109

第四部分　学院…………………………………　179

尾声………………………………………………　227

| 第一部分 |

寒冷

我父亲有一个做医疗电器的作坊。他读了好些北美出版的刊物，比照着修理他的机器，偶尔也搞搞发明，做做推理。他虽然不懂英文，却能像医生诊断病症那样轻松读懂复杂的示意图、平面图或电路图。作坊里的 X 光测量仪和铁肺① 常常是我们兄弟几人的玩具——我们当然不会老是玩儿扮医生的游戏。父亲的好些发明都让我印象深刻，其中一个是抽血器。那时候还没有发明电动手术刀，外科医生划开的伤口会大量出血，让医生无法看清器官，而抽血器只需几秒钟便能将伤口的血清洗干净。抽出来的血被装在一个敞口玻璃瓶里，类似于装橄榄的瓶子——很可能那的确是装橄榄的瓶子，因为我们吃完橄榄后从不扔掉那些瓶子。再比如，牙膏的盖子常常被用作收音机的调控旋钮。

---

① 铁肺是一种协助丧失自行呼吸能力的病人进行呼吸的医疗设备。——除另有说明，本书脚注皆为译者注。以下不再说明。

之后不久，一种能在造成伤口的同时即灼烧愈合伤口的电动手术刀出现了，于是抽血器也就成为了历史。

尽管父亲一定是参考了某个外国刊物，但他一直认定自己是西班牙制造电动手术刀的第一人。我记得曾看见他斜倚在作坊的工作台上切牛肉，他那精准而干练的刀法令我震撼。我永远不会忘记他突然转身看向我的那个瞬间。我有些害怕地盯着他，听他说出那句意味深长的话：

"胡安何，你看，它在切开一个伤口的同时也将伤口愈合。"

当我提起笔，像现在这样在本子上写作的时候，我感到自己和当初那个实验电动手术刀的父亲有些相像，因为写作同样也是，在开启伤口的同时，将伤口愈合。

很快，妈妈便禁止他浪费牛肉来做实验了。于是他开始改用土豆，但没过多久就放弃了。没有任何东西能比得上牛肉的质感——当然，我想补充说，书页除外。

他另一个小有名气的发明是一个畅销书大小的便携电击器。它有多个区间，其中一个用于保存电极。有一件往事父亲经常提起：某天，他在一间精神病院的花园与那里的主管谈话的时候，一个疯子认出了他就是那个鬼玩意儿的供应商，于是从窗台抡起一个花盆朝他扔过去，花盆蹭到了他的肩膀。在二十世纪七十年代，电击器还备受质疑，而如今它已被广泛地接受。我在哪里读到过，患有躁郁症①的卡布雷拉·因凡特②就曾接受过电击疗法。

我父亲在一所养老院度过了他人生中最后一段日子。我去看望他的频率并不太高，却很规律。父亲的食欲剧增，因此我常常在中午前往养老院，带他去吃午餐，然后在养老院开饭前把他送回去。这样，在我去看望他的那些日子，他就能吃上两顿午饭——尽管他就算吃上三四顿应该都不成问题。他好像永远也吃不饱。但他并没有长胖。即使年过八旬（他在八十二岁时过世），他依然纤细、瘦小而又灵敏。我常常带他去吃肯德基，父亲对那个创办了炸鸡块连锁店的北美上校格外崇拜，因为他是军人，又是发明家，同时也因为他凭借某种（说到这里时父亲的赞赏之情溢于言表）与可口可乐类似的神秘配方而财运亨通。

吃午饭的时候，他经常告诉我电击器的好处，同时也跟我讲述实验的初期所获得的令人沮丧的结果。我渐渐明白，他之所以获得成功，还得感谢巴伦西亚的一名精神科

---

① 亦称双相情感障碍、情绪两极症，是一种精神病经历情绪的亢奋期和抑郁期。
② Cabrera Infante（1929—2005），古巴作家和剧作家，在流亡后获得英国国籍。

医生，因为他曾把病人借给父亲来做实验。父亲从不曾坦白过，但在我的印象中，他每每提到那个时期，总是带着一丝内疚。

"问题在于，"他说，"最开始的时候我们对病人使用的是交流电。交流电不断更改电流的方向，从而对大脑造成很大的损害。在后来，我才想到应该使用直流电。直流电就像一阵微风，总是向着同一个方向吹，不造成任何伤害地，轻拂过麦田。"

当他提到麦田时，还会煞有介事地做出一个手势，仿佛那些被风（电流）轻抚后微微倾斜的麦穗（神经细胞）就在他眼前。

把他送回养老院后，我就开车回到伊比利亚航空公司。当时我在那里挣钱糊口。我回到那个形如棺材的办公隔间，卷一支大麻，让自己迷失在幻觉之中，直到其他人吃完午饭回来。我记得自己哭过一两次，因为那个时候我十分脆弱且抑郁，而那个男人对电击器和炸鸡块的上瘾更是让我忧心忡忡。

我父亲的作坊位于屋子的后面，一个水泥铺就的院子把作坊与屋子隔开。屋子前面有个花园，一条阴暗狭小的过道连接着花园和屋后的院子，过道里长着一棵黑皮树。作坊有四个并排的房间，其中两个被用来存放材料。我家的屋子分为两层，外加一个阁楼。下面那层楼，一进屋就是卧室，然后是浴室和一个多功能的房间——它曾做过父亲的办公室，后来某段时期又成为了男孩们的卧室（家里后来一共有四个男孩和五个女孩）。上面那层是饭厅、厨房、一个极小的厕所以及另外两三个房间。后来，我们把厨房和饭厅搬到了楼下，同时把所有的卧室都移到了楼上。我们不断对屋子做出诸如此类的改变，但从未找到过一种满意的方式。

在其中一个与作坊相连的仓库上方，有一个紧锁着的小房间，可以从屋子外面的水泥楼梯走上去。小房间里存放着房东的物品和书籍，那些他不知道该如何处置的东西。某天，我们兄弟几人费尽周折终于弄开了房间的门。光线透过布满灰尘和蜘蛛网的小窗户照了进来，屋里堆满了废旧物品和书籍。让我们惊讶的是，这些东西里竟然有一对钝头剑、一个圣杯以及一套试图证明哥伦布是加利西亚人的图书。也许在那些书籍和物品当中还真有一些值钱的东西。不过即便有，房东也对此一无所知。因为就算那些东西没被我们损坏，尾随而来的猫也会在那里撒尿，老鼠也会将它们啃烂。

我们每个月的房租是一千比塞塔①，就屋子极其糟糕的状况来看，这个价格算不得便宜。屋子常常漏雨，窗户无法关严实，院子的水泥开裂，墙面剥落，横梁腐烂……冬天的时候，在开向屋前花园的门和面向屋后院子的门之间流动着一股持久（且凛冽）的穿堂冷风，像一把无形的锥子，插入屋子的骨髓。我不知道从科学意义上来讲骨髓是否会感到寒冷，但当我们全家从巴伦西亚搬到马德里的时候，寒冷确实驻进了我们每个人的骨髓里，也驻进了整个家庭的骨髓里。那时候我六岁。

生命的最初即是寒冷。那些在小时候经历过寒冷的人，余下一生都将感到寒冷，因为童年时期的寒冷从不会离开。也许，如果外界条件乐观的话，当寒冷钻入体内，将扩散到所有器官。我琢磨着，在一个冻僵的胚胎内，这个扩散过程将会是多么困难。

我记得被单摸起来的感觉：当我把我那由百分之六十的骨骼、百分之三四十的肉和百分之五的睡衣组成的身体塞进被单里时，感到被单如裹尸布般冰凉。我记得刀叉的冰冷：它们甚至在触碰到双手时颤抖不已。我记得双脚的麻

---

① peseta，是西班牙及安道尔在2002年欧元流通前所使用的法定货币。1欧元相当于166.386比塞塔。

木：它们看起来就像是两个装在腿末端的冰做的假脚。我记得那些冻疮，我的天哪，它们总是在法语课或数学课上到一半的时候痒起来，我也记得如果没能忍住而伸手去挠，痒会立即减轻，但下一秒它便会以加倍的痒来报复你。我记得自己是在读那些止痒膏（它们毫无效果）的使用说明时，过早地学会了"痒"这个字。总而言之，我记得寒冷来路不明，于是也就根本无法抵御它。寒冷是空气的一部分，生活的一部分；如同黑暗是夜晚来临的条件，寒冷即是存在的条件。地板、屋顶、楼梯的扶手是冷的，墙是冷的，床垫是冷的，床的铁架是冷的，马桶盖和水龙头是冰冷的，许多时候连爱抚也是冰冷的。尽管如今有了暖气，寒冷却和那时候并无二致；冬天的某些日子，寒冷露出身影，于是那些关于寒冷的记忆就会倾巢而出。假如在小时候经历过寒冷，那么余下一生都将感到寒冷。

晚上入睡前，我们在窗台上放一杯水，第二天一早它会以结冰的状态迎接天明——这个现象在我们看来奇妙无比。既然我们的大脑无法理解这个现象，我们就用指尖去触摸冰块，想看看能否借助手指去体会它。但是我们的手指同样无法理解那个只能用科学术语而非情感来解释的现象。而要理解寒冷怎么会燃烧就更复杂了，但在某天清早，当我把一片在花园里捡到的铜片放在嘴边时,却灼伤了嘴唇。我很喜欢铜的味道;甚至在发"铜"这个音的时候,我的舌尖还会感到一阵电麻。铜有着电流的味道。我父亲在作坊的仓库里储存了几十个铜线圈。

我们在贴身汗衫(贴身汗衫相当于我们的第二层皮肤)外面套上睡衣,打着哆嗦钻进被窝。有时候我会手淫。与其说是为了获得快感,不如说是出于对一个冻僵的身体缘何会流出热液的好奇。当严寒变得无法忍受时,我们会把装有开水的玻璃汽水瓶放进被窝里。这个做法让我恐慌不已,因为有时候热水瓶会爆炸。在学校里流传着这样的说法:在你手淫的时候,射精会和热水瓶的爆炸同时发生,以至于你一时间会把两者混淆。为了避免爆炸的发生,我们在热水瓶里放一颗豆子。尽管成年后的我意识到这个做法缺乏科学依据,然而却没人见过放了豆子的热水瓶爆炸。

那时候我每周对身体进行一次大扫除。浴室很破旧,并且冷,冷,非常冷。尽管浴室里有一个带脚的浴缸,但我们都在妈妈放在浴室中央的澡盆里洗澡。我到现在这么大的年龄才开始叫"妈妈",以前我都说"我母亲"。于是,妈妈把一个盛有开水的澡盆放在浴室中央。为了避免在脱光衣服后立即被冻死,我们通常在浴室里点一盏酒精灯,它的火焰几乎看不见，发出的热量更是转瞬即逝。我在那个时候就懂得了热空气上升的道理。因此，当酒精灯产生的热空气上升到屋顶深处，来自地面的寒冷就立即像块裹尸布一样再次将你包得严严实实。但在那几秒的温暖中，身体很开心。

我父亲（我到现在都不会叫"爸爸"，但我在试着改变）在他的作坊里用一个圆形的铁炉来取暖。它跟我们在客厅里用的那个铁炉一样，在往炉子里添加炭火时，它会变得鲜红。鲜红，这是怎样的一个词啊！我猜想，之所以这样描述它，是因为那是一种动态的、带有攻击性的、极具感染力的、生命力旺盛的红色。有时候，铁的颜色看起来仿佛变透明了，但那不过是由强烈的色调引起的幻觉罢了。由于房间太大，屋顶太高，整个身体只有靠近炉子的那部分能感受到温暖。有时候脸被烤得发烫，而后颈还是冰凉的。或者相反。那是一个半完成的世界：我们只拥有所需热量的一半，所需衣物的一半，所需食物的一半，以及一个正常的成长过程所需的关爱的一半——如果真的存在所谓的"正常的成长"的话。甚至有些东西，我们只拥有所需的四分之一，或者更少。

我父亲常常在作坊里一连待上好几个钟头，哼着探戈曲子，完全沉浸于电路之中。他坐在施工技术员坐的那种高脚凳上，身后烤着暖炉。一天，我和哥哥因做错事而被关在作坊里，突然一只猫（那里猫的数量与老鼠不相上下）出现在我们身边。哥哥捉住它，把它塞进一只在作坊里找到的废旧尼龙长袜里。我不知道他是如何让那只猫一声不吭的，但他的确做到了，并在袜口打了个结。随后，哥哥把那个奇怪的肉团扔到桌子下面父亲的脚边，肉团像炸弹似的炸开来，那只绝望的猫仿佛一道黑色的火焰一般从袜子里窜了出来，跑到作坊的另一端，并做出准备进攻的姿势。父亲受到极大的惊吓，手中的电线在空中飞舞。他顾不上斥责我们，只是脸色苍白地解释道，猫比狗要危险多了。他说，猫会跳到你的头上，而又没办法跳下来，在一眨眼的瞬间就会把你的眼珠子挖掉。跟家里的其他房间一样，作坊的地板也被弄坏了，到处都是冰冷的木屑。

一切都被弄坏了。在我出生时，世界还是完好的，但它没过多久就被弄坏了。家里一共有九个孩子，我排行老四。在我前面有一个姐姐和两个哥哥。每个孩子都比前面一个小十五或十六个月。我出生于巴伦西亚，在搬去马德里之前，我在那里度过了六年的时光。巴伦西亚留在我记忆中的是阳光、海滩和一些不连贯的场景，仿佛是从破损的电影胶片中恢复出来的一些片段。

- 比如，我看见母亲牵着我的手。我们在逛集市，她从黑色的夹口钱袋中掏出硬币来付钱。我觉得那钱袋里装着（政府还是上帝给她的？）一生所需的全部金钱，从而认定她这样在大街上随便掏钱出来是非常不负责任的行为。万一弄丢了，或是被偷了呢，我们以后的生活怎么办？

- 现在我位于某个高处，也许是在双层床的上铺。我身边的一道帘子把空间分为两个部分。我明白自己不应该看（或听）帘子另一端正在发生的事，但我无法抑制住自己。尽管我无法理解看到的（和听到的），但我的心里仍然充满了恐惧。

- 那些破损的电影胶片中还有一个片段，是一条走廊，我和母亲位于走廊的一头。母亲半蹲在我身后，双手扶着我的腰。她贴着我的耳朵，笑着问我：你知道走廊另一头、站在门厅的帘子背后的那个人是谁吗？帘子微微地晃动着。一切都是模糊的，黑白的。我知道那个晃动帘子的人是我父亲，同时也知道他是一个男人。在某些情况下，爸爸只是爸爸，但在另一些情况下，他只是一个男人。当他只是一个男人的时候（正如现在的情形），我会感到害怕。母亲推了推我，让我跑过去拥抱他，而我却哭了起来，因为我并不想拥抱那个男人。

那段时期的回忆并非都是由不连贯的画面组成的。那是一个夏日，礼拜六或是礼拜天，我母亲，妈妈，正在准备带去海滩的食物。前一晚我梦见自己在沙滩挖了一个坑，捡到了一枚一比塞塔的硬币。当母亲在厨房里走来走去忙着准备食物的时候，我向她描述了那个梦，但不知道她是否认真在听。随后，我们走去海滩，坐在一把阳伞下面。兄妹们都跑去玩水了。母亲对我说，你为什么不挖一个坑，看看能不能找到梦里的那枚硬币呢。于是我开始在沙滩上刨坑，没过多久，果真就看到了那枚硬币，那个宝藏。在那之后的每个日子，我都会想起这件梦想成真的往事。我一遍遍地向自己讲述这个故事，仿佛无法理解其中的含义似的。多年后，当我躺在一位和蔼的精神分析师（一个叫作玛塔·拉萨罗的女人）的长沙发上的时候，我又向她、又向我自己讲述了这个梦想成真的故事。突然之间，为了避免自己因激动而窒息，我不得不坐起身来：我刚刚才意识到，是我母亲，妈妈，在建议我挖那个坑之前，悄悄把那枚硬币藏在了沙子里。在我完成这"第二个发现"时，母亲已经过世一年多，她几乎占据了我做精神分析的所有时间。根据这则轶事，我塑造了1990年出版的《这就是孤独》中的一个人物。

另一个关于海滩的画面：我独自在沙滩上，在那些躺在太阳下的身体之间跑来跑去。其中一个身体引起了我的注意。那个身体属于一个身着白色裤子和白色衬衫的男人。他穿着镂空的沙滩鞋，也是白色的，并且用一只同样颜色的带沿帽子遮着脸。他在睡觉。我停了下来，有些吃惊地盯着他看。就在这时，一阵微风拂过，把帽子稍稍掀开了一些，我看到了他的面孔。他是我父亲，但归根到底，他是一个男人。我恐惧地跑开了，跑回母亲那里，但我并没有告诉她爸爸就在离我们几米远的地方，就好像他并不属于我们、我们也不属于他一样。我不知道他在那里做什么。

另一天，同样是在海滩，我们租了一只小船。船十分简易：由两个用四五根木头并排捆绑在一起的救生圈组成。我和我的兄妹们，还有爸爸，坐在这晃来晃去极不平稳的船上。突然，我想象着我们的下方正在形成一个深壑，于是惊慌不已。我想要立即返回到岸边。父亲抓住我的胳膊，使劲按住我，他看我的眼神好像想要杀死我、好像就要杀死我一般。他变成了一个男人。当天夜里，我躺在床上，幻想着跟他搏斗，并且将他击败。

还有一些关于巴伦西亚的记忆：我牵着母亲的手（母亲的手，一个人在讲述他生平的时候究竟要重复多少次这个表达？）去上学。是的，我牵着母亲的手。我们每天都会遇见另一位母亲，牵着她失明的儿子的手，也许（至少我是这么认为的）是去一所所有学生和老师都是盲人的特殊学校。我想象着他们像包裹似的在那所特殊学校的各个房间里移动。不知道为什么，我的脑海中蹦出这样一个想法：在所有那些小孩中，有一个是假装失明的，他其实能看得见。这个想法让我不寒而栗。直到今天，只要一想到这个撒谎的小孩，在课堂，在食堂，在操场，我就感到一种无法言明的不适。事实上，每当我们遇见那个失明的男孩的时候，我就会闭上眼走上好几米，试图体会他的感受，他的世界，以及他是如何察觉危险的。但我很快就会惊惶地睁开双眼。某天，我突然想到：当我闭上双眼的时候，那个失明的男孩就能够恢复视力。于是我开始频繁地闭上双眼，在数学课上，在地理课上，在吃饭的时候，在休息玩耍的时候，同样也在家里的过道，在厕所，在厨房……我荒谬地相信在那个男孩和我之间有着某种神秘的联系，促使我俩共享一副视力。到了后来，我甚至在一天中的一半时间都紧闭着双眼。学校的修女们开始留意到我；母亲问我是否发生了什么事；我的周遭开始出现不安的情绪。渐渐地，我戒掉了这个习惯。从某一天起，我们再没遇见过那个失明的男孩。我忘记了他。很多年后，在我已经成为作家时，我想起了那件往事并决定写一篇关于盲人的报道。为此，我用眼罩遮住双眼，像个盲人似的过了一天。我这样做是为了让儿时遇见的那个失明男孩能够二十四小时不间断地看见这个世界。我们之间的债一笔勾销，就此了结。我不应该再为拥有视力而心存罪恶感。

在巴伦西亚，我上的是修女学校。在抵达学校时，我们把外套存放在一个衣柜里。上课的时候，我时常想起它——被关在衣柜中的外套。我认为衣服是有生命的，它们想要被我们解救，摆脱黑暗。我不记得自己是如何学会阅读的，但我记得在一本教材中读到唐·佩拉约[①]。唐·佩拉约，我记住了这个名字。但除此之外，我的发音非常糟糕。在家里我被称作"布舌头"。有时候我会看着镜子里自

[①] Don Pelayo（约 685 年—737 年），是西哥德的贵族，阿斯图里亚斯王国的建立者。

己的舌头,想要确认它是否是肉做的。但我的目光一旦移开,我就会感到它的确像一块毛毡似的。我不止一次地用舌头拂过外套、裤子以及姐妹和母亲的内衣,因为我确信,假如我的舌头真是布做的,那么它一定拥有某种特性,能够尝出衣服的味道。长辈们觉得我在发音方面的障碍很好笑。在家庭聚会中,他们常常要我站在椅子上朗诵诗歌。

当某位修女(我不记得她的名字了)走进教室时,我发现自己腹股沟附近会发生奇怪的运动。那只可能是一种最初级的性兴奋。性。

举家搬迁到马德里的旅程,标志着"之前"与"之后"两个时期的划分。不仅仅是因为"之后"我们一贫如洗,或是"之前"并没有寒冷,而且也因为那个分界点为我清楚地标注了每段回忆所对应的时期。在"之前"的那个时期,在某个三王节①前夜,我在脱衣服时看见东方三王其中的一位就站在窗外。我注意到兄妹们没人发现他的存在,于是我也就什么都没说。

在搬去马德里之前的某个时期,家里开始谈论这次旅

---

① 三王节为每年1月6日,传说中东方三王向圣婴献礼的日子。在西班牙,父母以"三王"的名义在三王节这天向子女赠送礼物,东方三王派送礼物的角色类似圣诞老人。

程。看起来我们似乎要离开巴伦西亚了，但我们得到的信息却是极其矛盾的。大人们口中说出的话随即被他们的眼神否定。他们满口承诺说生活将会得到改善。马德里是首都，那里的机会很多，什么都有（很快我就发现在那些最重要的东西中，马德里没有海滩，没有海，也没有温暖），在那里人们可以实现他们的理想……归根到底，这些话都是说给我的姐姐哥哥们听的。我只是个多余的听众，不太明白他们在说什么，尽管也许我是唯一一个注意到他们所说的话和他们的眼神自相矛盾的人。

事实上，那是一场糟透了的旅程。在出发前的某个晚上，我醒着躺在床上。房间的门被打开，父母走了进来。我假装睡着了。我的兄妹们是真的睡着了。父母吻了吻我们每个人之后离开了房间，却没有关上房门。他们在将过道墙上的画一一取下来。母亲带着极大的怨愤让父亲把墙上的角钉也拔掉，她说就算把墙弄坏也不要留任何东西在墙上。她声音中流露出的愤怒、伤心和绝望让我印象深刻。也许还有她的恐惧。大人的恐惧往往会传染给小孩。

我们搭乘一列木头座椅的火车，在夜里很晚才抵达马德里。当晚我们在阿托查火车站附近的一家小旅馆过夜。父亲与男孩们睡在一间大房间，几张铁床都很高。房间里有

一个洗手池,父亲入睡前在那里小便。当他发现我在奇怪地盯着他看的时候,他转过来对我说:

"全世界的人在旅馆里都这么干。"

第二天我们便前往屋子,住了进去。那时是夏天,因此我们并不觉得冷,或者说还没觉得冷。屋子很远,位于一个被称作普罗斯佩里达①的街区里一条叫卡尼亚斯的街上。那里算是马德里的郊区,尽管那时候的我们还不明白什么是郊区,因此也就没有注意到其中的反差。我们这些小孩在看到花园、院子和屋子后面那几间被称为作坊的房间时,兴奋无比。我们沿着楼梯跑上跑下,开门关门,探索屋子里的新角落,根本停不下来。在刚刚抵达的时候,一切确实都与之前大人口中描述的情况相符。但过不了多久,大人眼神中曾流露出的信息,就会一一得以验证。

为了不让我们打扰他工作,父亲整个夏天都要求我们坐在作坊的凳子上,轮流朗读《堂吉诃德》②。以那种方式开始接触塞万提斯的作品简直是一场噩梦。一有机会,我们就逃到街上去。然而,街道是我们的禁区。不久,我们

---

① Prosperidad,字面意思为"繁华",与作者笔下的凄凉情景形成对比。
② 西班牙作家塞万提斯于1605年和1615年分两部分出版的反骑士小说。

就得知了一个秘密：我们与在那条街上玩耍的其他小孩的家庭并不属于同一个社会阶层；我们不应当与他们一起玩儿。那么，与我们处于同一阶层的小孩在哪里？在别的地方，别的街区，我们无法去到那些地方，因为我们缺乏恰当的衣服、鞋子以及必不可少的金钱。我们的处境糟糕透了。从那时起，遥远的巴伦西亚不仅变成了一个明亮、温暖且拥有大海的空间，同时也化身为"失乐园"。

在我成长的初期，一切就已经是残缺的了：很明显，我父母的生活是残缺的；同时，由于被所属的社会阶级和街区残酷地抛弃，我们的生活也是残缺的。当夏天过完，我们才意识到这栋屋子也是残缺的。下雨的时候，屋子会漏雨，我们不得不移开床，放置水桶，每隔一小会儿就得清空一次桶里的水。刮风的时候，气流疯狂地窜进房间，窗框发出响亮的震动声，窗户上单薄的玻璃仿佛受到极度恐吓似的，疯狂地晃动。房间的门因为错位而无法关紧。在这个家里，没有任何东西符合它应有的模样，这其中也包括父母对我们为什么会落入如此糟糕的境况所做出的那些无谓的解释。

走出家门，卡尼亚斯街即是现实的尽头。从那儿再过去一点儿是垃圾场和一片令人害怕的荒地，那片肮脏的空地一直飘浮到视野的尽头。

家里的男孩们在克拉雷学校上学,学校的神甫几乎是和我们同一时间住进那个街区的,他们住在街区的另一头。尽管我花了很大一部分精力试图逃出那些街道,但我仍旧无法确定自己到底有没有成功。有时我躺在床上,会想起那些街道,仿佛我依然被困在它们围成的迷宫里。也许那种感受可以解释我周期性发作的幽闭恐惧症。唯一确定的是,尽管已经长大,我每天早上九点依然会带上书包去学校,随后在中午的时候回家,午饭后再返回学校。

在每一次这样的往返中,我都再次验证了这个世界的奇特。以及神秘。这让世界变得更有魅力了吗?答案当然是否定的。尽管我承认,在日常生活的艰辛中,偶尔也有一些快乐的时刻——那快乐简直叫人难以承受。

我不能免俗地不得不提一下父亲是多么沉迷于他的工具,那些工具仿佛是从他的身体中延伸出来的一部分,像一套假肢一样。我们被语言利用,也被语言塑造,到头来与其说是我们使用语言来交流,不如说是我们因语言的存在而交流;相似地,我父亲仿佛也是因为那些从不离手的工具的存在而交流。父亲过世后,我们把他和母亲的骨灰存放在同一个龛位,但没有人提出要把他的名字也刻在石碑上。于是乎，那里看起来就好像只有妈妈的骨灰似的，恰好妈妈的骨灰罐也比父亲的更大，有更多装饰。由于父母曾不经意提起过想要在大海中安息，所以我在两个月前决定取走他们的骨灰。经过一系列烦琐的官僚手续并交纳了一笔费用后，墓园的负责人让我在十二月末的某个早上九点过去。我不想驾车，于是搭出租车前往墓园，并让司机在墓园门口等我。负责人也准时来了，在他们的陪同下，我走去骨灰存放处。那是一个巨大的仓库，顶棚很高，看起来像一个工业用的冷冻箱。

他们揭开只写着妈妈的名字的石碑，用锤子敲破一道易碎的薄砖板，骨灰罐出现在砖板的另一侧。工作人员带着敬意工作，但也包含一种例行公事的意味。我琢磨着结束后是否应该付给他们一些小费。从我的口中呼出白气，就好像小时候鼻子冻僵走去上学时一样。他们给了我几个袋子，用来装骨灰罐，并记下了我搭乘的出租车的车牌号。例行公事。那个写着我母亲名字的大理石石碑被放在仓库的一个角落。如果把它也一同带走，会不会显得太古怪了？我把骨灰罐安置在家里书房写字台背后的柜子里，我的日程本和用过的笔记本也都放在那里。父母的骨灰罐从此就待在那里，逐渐从过去那些年在阿穆德纳墓园的龛位所经历的寒冷中恢复过来。我打电话给我的兄妹们，告知他们我已经把父母的骨灰罐取回家里，看看是否有人正好要去巴伦西亚，并愿意顺道将父母的骨灰撒向大海。他们每个人都感谢我主动做了这件事，但没人愿意完成接下来的任务。那就还是由我来做吧，尽管我不知道什么时候才会去，至少目前我还不愿意。父母骨灰的陪伴减轻了我某种遥远的负罪感。爸爸，你看，我对他说，笔利用我就好比那些工具利用你一般。我在方格的笔记本上写作。我像做手工活那样构思写作。每一句话都是一段电路。当你合上开关，句子就必须启动。电路不一定需要很美，但一定得有效。它的美即存在于它的效率之中。

如果说父亲的热情是那些工具，那么母亲的热情则是药物。在我的想象中，五金店和药房是相辅相成的。没有什么能与使用钳子的灵巧度相提并论，尤其是在某些药物的作用下。有些药物的说明书中明确警告，在服用该药的情况下不能操作机械。但对我来说则恰恰相反。我在好几年的时间里都无法使用笔（笔即是我的钳子），一直到我服用了某种药物为止。我很喜欢对乙酰氨基酚[①]，如今依然可以

[①] optalidón，一种止痛药。

在药店找到这种药，只是成分不一样了。我母亲对它上瘾的程度就好比我父亲对螺丝刀上瘾一般。它的功效源于成分中含有小剂量的巴比妥酸盐①。除了其化学性能，巴比妥盐酸也因经常作为美国女明星选择自杀的方式而享有声誉。传奇。我们在服用它时，只会有一点点自杀的感觉，仿佛处于一种半活着的状态。我最依赖于这些药物的时期，正好是我进入伊比利亚航空公司做行政助理的那段日子。我在早上八点抵达办公室，用咖啡机冲一杯咖啡，在我的桌前坐好，在喝第一口咖啡的同时吞下两粒对乙酰氨基酚（在与热饮同时服用时，它的药效最强）。十分钟后，现实与我之间便产生了一道星云，帮助改善我们的关系。现实看起来不再那么尖刻了，它渐渐失去了棱角、尖点、攻击性……甚至连单调乏味都变得如羽毛垫子般柔软。当老板没有注意到我的时候，我在对乙酰氨基酚的作用下用一支黑色的细头比克笔写诗。就此，五金店与药房，那两个注定要相互理解的精神世界，结为了同盟。

我是先发现了工具还是先发现了药物？我不太确定。乍一看，工具处于比药物更显而易见的位置。但我如今记起

---

① barbitúrico，一种镇静剂。

来，在某天晚上，年龄最长的哥哥向我们展示他在爸爸的作坊里找到的一小瓶乙醚。我不知道他用那个麻醉剂来做什么，也不知道哥哥是如何发现它的麻醉性的。事情的经过是这样的：某天晚上，父母在把我们安置上床后随即出门去看电影，他们走了没多久，哥哥就从床上起来，穿过院子，从作坊取来那个小瓶子。他用瓶子里的液体将一块抹布浸湿，先是把抹布敷在弟弟马诺洛的鼻子上，随后是我的，最后敷在了他自己的鼻子上。

父母由于没有买到电影票，很快就回来了。当他们进入我们的卧室，闻到气味，立即惊慌地尖叫起来。我记得他们大声呼唤我们的名字，打开窗户，并挥动床单以便让空气流通。但在我的记忆里，他们仿佛置身于现实的一个维度，而我则身处在另一个——既然如此，乙醚对我而言也就毫无必要了。

母亲很爱我。我其实想要表达的是：她偏爱我。这个事实将我解救。我一直有这样一个也许有些荒谬的想法：是我将自己解救了出来。从哪里？当然，是从地狱之中。在我们的文化（在我们的世界）中，相比于获得天堂，解救的概念更关乎于摆脱地狱。地狱由什么构成？由一个不透明且冷漠的个体构成，它对文化不感兴趣，对哲学没有好奇，对文学更是毫无野心。也许它也没有资产阶级的倾向。

是母亲将我解救的吗？也许是的，但在同一瞬间她也失去了我。跟父亲的电动手术刀有些相似，在制造伤口的同时也将伤口愈合。有时候我会幻想自己写出这样一部作品：它将我淹没又把我举起，让我害病又将我治愈，把我杀死又赐予我重生。

弟弟出生不久后的一天，我正眼巴巴地盯着母亲给弟弟喂奶，这时，母亲突然转过来，将乳头递给我。

"你也想吃吗？"她问。

我惊呆了。那时我大概有八九岁。我记得自己匆匆跑出了房间。我曾在做精神分析时花了很长时间来研究这个场景，却没能得出任何结论。不久前，我在某处读到，如果想要理解某个经验，必须首先将它变成一种阅历。否则，它会像个肿瘤一样，一直被封存在那儿，你会在每天脱下衣服后困惑地盯着它，不知道应该为它做些什么，抑或它应该为你做些什么。也许那个经验，在经过适当地加工与修饰（当它变成一种阅历）后，能为我带来某种益处。但事到如今，它依然像块无法加工的原材料一般，继续住在我的体内。

当我说母亲偏爱我的时候，我其实想说的是她爱上了我。我看起来跟她很像；用人们的话来说，我就是她的"活生生的肖像画"。活生生的肖像画，多么奇怪的词组啊！我像个收藏家一样开始在记忆中收集这类的词组，而它是其中的第一个。同一系列的表达式还包括天然气，令人伤心的疾病，陶瓷饰面，英国痰①，未老先衰，太平间，症状性缓减，停滞时间，鲜红色，等等。

她的活生生的肖像画，即是我。我长着和她相同的鼻子、相同的嘴巴、相同的牙齿和相同的头发。当她看我的时候，看见的即是她自己，就好比水仙花神纳喀索斯在水中看见自己的脸。相反，我却无法在她的脸上看见自己。我甚至在镜子里也无法看见自己。然而，我似乎想要得到她，非常渴望得到她。我是躺在长沙发椅上得出这个结论的。一直以来，都是那个欲望在决定着我的生命，当欲望产生时，我感到一阵强烈的反感（矛盾的联盟再次出现）。我之所以无法在镜子里看见自己，是因为当我面对镜子时，实际上看到的是母亲的面孔搁置在一个幼小的身躯之上。太恐怖了。从那一刻起，我就决定自己绝不要看起来像她。这成了我一生中最重要的目标。我常常对着镜子里的自己

---

① 指英国人在任何情形下都能保持冷静、漠然的能力。

做不同的表情。"做不同的表情"是为了寻找一种身份。我几小时几小时地站在镜子前，做出各种不同于母亲的表情。到后来，我能够轻易地将眉毛保持在一个不自然的姿势好几个钟头。我纠正了嘴唇的形状，尤其是上嘴唇，因为它的中部高耸起来，露出两颗门牙和牙冠——和母亲的门牙一模一样！我不清楚脸上究竟一共有多少块肌肉，但是通过练习我能够轻易控制脸上的每一块肌肉。直到今天，当我在街上遇到不想招呼的人，我就会更改五官的模样，让对方无法认出我来。理所当然地，我青春期的偶像是千面人方托马斯。

在面孔得以纠正之后，就轮到了头发。于是某天我走进理发店，要理发师帮我剪成板寸。理发师哈哈大笑起来。想要把我那样的鬈发（母亲那样的鬈发，因为我的鬈发即是她的）剪成板寸是根本不可能的。我的想法让所有人都笑了起来。在他们笑话我的同时，我听见从理发店后院传来狗叫声。那是其中一位理发师的狗，一只狩猎狗。我永远都忘不了那些笑声，还有那狗叫声。同样，我也忘不了那个后院，后来有一天我溜进了院子里，那只狗死死地盯着我，那几秒钟简直度日如年。

我不要看起来像母亲。我开始比较她和我的动作，她和我的语调，她和我的用词……我惊恐地发现，自己的确是她的复制品。我像她那样说话，像她那样挥动手臂，像她那样试图将自己的见解强加于人。很多年来（事实上是整整一生），我都在不断地将自己拆卸，尔后又以另一种方式将自己重装。这个过程与我的成长同时发生，我的腿和胳膊逐渐变长，我渐渐长大成一名少年。拆卸的对象并非是一个无生命的个体，也不是一个死亡的大自然，而是一个进程。对一个进程进行拆卸也就意味着，当你准备重装的时候，那些部件的尺寸已经发生了改变。

我想，其结果是出人意料的。现在，我看起来更像父亲了。就在不久前的一天，当我走进国外某城市的酒店时，我在接待处的镜子里看见的是正由成年迈向老年的父亲的模样。我带着惊讶的表情，呆在那儿，盯着自己——盯着他——看了好一会儿。妈妈输掉了这场战役。

但她并没有输。妈妈赢得了所有的战役，即使她输掉了战争。可怜的人啊。

我的第一部小说《三头狗的阴影》被一位名望很高的批评家称为是一次奇怪的反俄狄浦斯实验①。在我看来，事实

---

① 俄狄浦斯，希腊神话中底比斯的国王，他在不知情的情况下，杀死了自己的父亲并娶了自己的母亲。

上自己的确成为了反俄狄浦斯式的人物。为了与父亲一起生活，我会欣然杀死母亲……

在某段时期内，我把关于乳头的那件事给忘了，更准确地说是我把它给抹掉了，不仅抹掉了母亲的乳头，也抹掉了整件事。每当我在电影中看见袒露的胸口，我会想象整个乳房的模样——当然，是没有乳头的乳房。我渐渐相信女人的乳房是百分之百光滑的。某天，我和两个小伙伴一起翻看一本色情杂志，当瞥见乳头时，我惊惶失措。我认为，一个如此野蛮的、纯器官性的东西不应该成为乳房设计中的一部分。我反复琢磨着乳头，它不再只是一个简单的节，仿佛我们来到这世上的目的就是为了解开乳头这个节。在我们刚刚来到这个世界的时候，这个节为我们提供养分，而随后，我们又会在每个女人的身上找到它，我们一生唯一的职责无非是解开这个节。有的时候，我们甚至用牙齿来解开它。

妈妈经常感到疼痛，也经常怀孕。我们这些孩子就是她病痛的一部分。她拥有的其实不是孩子，而是病症。我是受母亲偏爱的病症。当我生病时，她总是让我睡到她的床上。床尾有个三开的衣柜，中间那开贴着一面镜子。我就是在那面镜子前，在自己身上看见了她的模样。

拥有很多兄妹（一共九个）的好处是到后来父母再也管不过来这么多孩子。没人会留意到你消失了几个钟头。有一次，我在衣柜中间那开的柜子里待了整整一个下午：整整一个下午我都待在镜子的另一侧。没有太多可以描述，因为在那里什么都看不见。镜子的另一侧什么都没有，也许镜子的这一侧也一样。

说另一侧什么都没有是不对的：那里有我。我在那儿做什么？我在那儿探头张望镜子的这一侧。与地狱相似，另一侧也不是一个场所，而是一种状态。假如那即是你的状态，那么你究竟位于衣柜的里面还是外面，镜子的前面还是后面，有人陪伴还是独自一人，就都不重要了。你知道你不属于，或者说我们不属于，我们身处的这个世界。这并不是因为我们一贫如洗，也不是因为寒冷叫人无法忍受，更不是因为我们晚餐通常只吃甜菜①，而是因为在这个世界和你之间有一层不透明的隔膜。这个世界是不透明的。

母亲的情绪很不稳定。几秒之间，她就能从平静变得焦躁不已，仿佛她的体内有什么东西促使她心情变糟。她心情不好的时候会愤怒地尖叫着从一个房间走到另一个房间，

---

① 又称为牛皮菜、厚皮菜，常见于地中海料理。

不停地抱怨这个，抱怨那个。她可以在抱怨一件事的同时也批评那件事的相反面。你的任何评论，天真的也好，善意的也罢，只要被她听见，都可能变得对你极其不利。她还很喜欢下自相矛盾的命令，让接受命令的人僵在那儿，不知道该做什么好。我不仅仅是僵在那儿，更希望自己能变成一块石头、一张桌子、一片玻璃，一个无生命的个体。每当妈妈发疯时，我就惶恐不已。用"丧失理智"或"情绪失控"这样的词来形容她的行为再恰当不过了。当她丧失理智时，她那散乱的头发随着脑袋的晃动而改变形状，看起来就像一片油墨的污渍。她的头发由于太过浓密而显得缺乏个性。她是一个极其不幸的女人，但同时，从某个令人费解的角度来说，她又是极其幸福的。也许她总能在那些最不幸的时刻捕捉到某种不可思议的幸福。总的来说，她经受的是一种能让她感到幸福的不幸（电动手术刀）。

几年前我写过一篇报道，关于一位生活在马德里的躁郁症患者。在列举她的症状时，我想起了我的母亲。那从欢愉到消沉、从天堂到地狱的转变，那堕落……我觉得自己也患有轻微的躁郁症，虽然我尽量不表现出过分的高兴或异常的难过。无论是高兴还是难过，对心理的影响都大过对身体的影响。在爱做梦的年纪，我常常幻想自己赢得了一场场非凡的战役,然而,那些萎靡不振或极度沮丧的时刻却会把我拉回现实。说来奇怪,在沮丧中往往也存在着极度幸福的时刻(那个能同时制造和愈合伤口的电动手术刀再度出现):当我意识到自己已没有任何东西可以失去的时候,我就能够不顾一切地冒险。那些梦常常与我当时手头正在进行的写作相关。做梦的乐趣是如此之大,以至于排除了将它们实现的可能性。我常常需要当心这一点。有些故事会向我发起进攻,入侵我的黑夜和白天,却最终无所作为,什么也成不了,看起来毫无意义。

不知道母亲是否也有一些躁郁症的症状,可能是的。假如生活或药物善待她一些,她也许会活得更安宁,会更加斟酌自己的言谈举止。在我的小弟出生时,她差点丢了性命。那天前夜,人们在楼梯上上下下,动静很大。那时候父母的卧室还在楼下,后来那里才被改作了饭厅。在那个年代,人们(至少在我家)还没有养成去诊所分娩的习惯。第二天一大早,接生婆就来了,我们小孩子每人分到一个三明治,被赶出家门,并且在下午五六点前不许回家。那大概是七八月的光景,我记得天气非常炎热。我们回到家后得到的奖励是一个新出生的小弟弟。然而,在一个已经拥有八个小孩的家庭,那根本算不上奖励。但谁又会去钻牛角尖呢？

于是我们走上街，穿过一片荒地，走向今天马德里巴拉哈斯机场的所在地。那里一片干枯。我们坐在石头上，在寂静中吃完三明治，然后便起身往回走。一迈进家里的花园，我们就感到一阵令人不安的躁动。人们三五成群地低声交谈着，就像葬礼一样。人们走进母亲的卧室，然后哭泣着出来。我看见父亲一副惊恐的模样，仿佛脚下的地板被突然抽掉了一般。我们什么也没问，什么也没说，只带着受惊吓的小孩特有的困惑表情，从我们所处的高度来静观这一切。不管怎样，我早已习惯了恐惧，那不过是恐怖连续剧最新的一集罢了。没有恐惧的生活是难以想象的。那些宁静的日子从来都不是真正的安宁，而只是休战期。海难者从水里升出海面几秒钟，吸一口气，随后再次沉入海中，他们在吸入空气的那一刻并不见得比他们在水中消耗掉空气的那一刻更快乐。

我不清楚当时到底发生了什么，但母亲活了下来。第二天，当惊吓已经过去，我终于可以走进她的房间时，我站在床头，呆呆地盯着她。她说：

"你以为我会死，是吧？"

我哭了起来。于是她抚摸我的脸颊，发誓她永远都不会死去。我相信了她的话。最初，那承诺是一剂安慰；但后来，却变成了一纸威胁。也是在那段时间，班上一个同学的母亲去世了。那是我第一次见到一个孤儿。我带着某种屈尊感、某种优越感看着他。因为我知道，我的母亲永远都不会死去。

长大后，我发现那个承诺是一纸威胁。我意识到，事实上母亲即使在过世后仍旧不会死去。大自然的力量只会分散，不会死去，而我母亲正是大自然力量的其中之一。我很多次地问过自己，在向我承诺她不会死去时，她的内心究竟是充满了欢欣还是抑郁。在当时的情况下，合乎逻辑的答案应该是抑郁，因此也就能够想象她得是多么欢欣。

通常，在如此强硬的性格背后都隐藏着无法忍受的脆弱，于是我在精神分析中将很大一部分精力致力于了解母亲作为一个脆弱的女人的一面。但我没能做到。母亲死了，她的确死了，如同大自然的某股力量一般死了。她生前动过七八次手术。全身没有哪一处没经历过手术刀（电动手术刀）的洗礼，并且所有的手术都很顺利。她的腿脚的确有些不灵便，但旋风、飓风和暴风雨等都可能遇到移动上的困难……她曾好几天或好几周地处于昏迷状态，昏迷的严重程度十分罕见。昏迷中的她就像一块花岗岩。我们兄弟几人轮流守夜陪伴她。那时候，我确认自己已经从感情上与母亲疏离了。我看见极度痛苦的她，却并不感到特别难过。对我而言，她在那之前很多年就去世了，而她真正的医学上的死亡只不过是一道官僚程序罢了。在她的房间里有一张多余的床。在睡觉前，我通常会倚在窗边，默默地抽一支大麻，沉浸在阴郁的幻想中。某些夜晚，我在钻进被子前走到她的床头，仔细观察她的面孔和双手，试图在她身上寻找一丝生命的迹象，以及想要交流的意愿。我记得自己有两次轻轻呼唤她——妈妈，妈妈。

在母亲过世后，一切仿佛都恢复了正常，但在几个月，也许是一年之后，我开始生病。那是一个缓慢的过程，病症是隐伏性的，根本看不见它的存在。疾病如同徜徉在废宅中的幽灵一般，在我的体内游走。有些天它游走在肺部；另一些天，它又晃荡在胃部，在咽喉，在大脑……有些时候，它甚至徘徊在眼睛里。

后来病情加重，朋友给我推荐了一名医生。那位医生上了些年纪，很和善。他向我解释了穿气垫鞋的重要性。他说，我们一生都穿着僵硬的鞋在坚硬的地面上行走。每踏出一步，都意味着穿越脊椎骨与延髓的一次撞击。于是，在对如此重要的器官进行了几千次、甚至几百万次撞击后，我们会变痴呆、甚至患上阿尔茨海默症①也就不足为奇了。我不记得他为什么会提到这个,但我在心里祈求他能够一直讲下去,因为我对描述自己的病症充满了恐惧。那些症状是如此离谱,它们的背后一定隐藏着某种致命的疾病。医生名叫罗萨诺,拉斐尔·罗萨诺医生。从那时候起,我每年都去他那里做一次身体检查。他说,一个人在健康的时候就应该常去看医生,而不是等到生病了才去。

罗萨诺医生平静地聆听我的描述(我观察到,他的表情跟空中小姐在飞机强烈颠簸时的表情一模一样)。他仔细地做笔记,然后检查我的身体,但并没有得出任何结论。接着,他开了些单子,让我去做各种化验、心电图、检查……我向他解释说我很虚弱,没有力气一间间诊室地挨个儿去做检查,于是他安排我在他的诊疗室完成了所有的检查。几天后,他又把我叫去医院。当我(我的脸色如墙壁般惨白)准备好听取最终判决(只会是死刑)时,他却对我说出下面这番话:

"我敢向你保证,就算我们的检查没能够细致到你身体的每一毫米,但我们确实查看了你身体的每一厘米。然而,

---

① Alzheimer,又称脑退化症。

我们并没有找到任何与你的病症相关的东西。"

于是，伊莎贝尔为我找了一位精神分析师，她名叫玛塔·拉萨罗（我喜欢这个复活者的姓氏①）。她也因为随丈夫（阿根廷人）的姓氏，而被称作玛塔·斯皮尔卡。我常常幻想着某个时刻她会突然对我说："胡安何，站起来，走几步。"因为这正是我所需要的：站起来，走几步。然而，这个命令其实应该由我自己亲自下达——但那时候的我完全没有意识到这一点。

她是一个上了岁数的女人，非常温柔。跟那时候的我一样，她也抽烟抽得很厉害。头四次见面的效果令人惊讶，尽管我的症状并未消除，但大大地减缓了，以至于我能够恢复日常生活。我甚至恢复了写作。那四次见面，我们进行面对面的交流，以便她对我的病症作出诊断，从而决定我们是否达成精神分析师与病人之间那种罕见的协议。第五天，我躺在长沙发上，她在我身后。她很安静，不怎么说话，却让我明白了这一点：否定某个人的死亡最常见的方式之一即是变成那个人。也就是说，我，带着我那见不得人的病症，已经变成了我母亲，那个病症女王。我发誓，我永远不会死。

---

① 源于《圣经》故事，拉萨罗被耶稣救活。

| 第二部分 |

街　道

我家那条街上住着一个男孩，他因为患有某种心脏病而无法上学。出于对他虚弱身体的嘲讽，我们叫他"维他命"。在那些天气好的月份，"维他命"坐在他父亲经营的商店（一家食品杂货店，附属于他父亲经营的另一家酒吧）门前，身边摆着一辆公路自行车。"维他命"从未骑过那辆车，但他有时候会说长大后想要成为一名自行车手。假如考虑到他稍微用点儿力就可能窒息的事实，那个梦想听上去就有些悲壮了。尽管给他取了那么个有些残忍的外号，"维他命"在不被漠视的时候会受到街上的小孩们的尊重：因为我们知道任何意外都可能会要了他的命。除了那辆自行车，他的王国的组成部分还包含一把藤椅以及藤椅周围三四平方米的区域。藤椅上放着两个垫子，夏天的大部分时间他就坐在那里。按我母亲的说法，跟"维他命"患有同一种病的人都会在长大后死去。鉴于此，也就没有必要在他身上投资，因而也就没有送他去上学了。

"维他命"有一块抹布，他上瘾似的用它一遍遍擦拭自行车的镀铬。有时候他将自行车倒着放，用车座和把手支撑地面，转动脚踏板，让后轮在空中转起来，与此同时，他小心翼翼地用一个尖尖的细管从一个小拉罐里吸出机油，滴在后轮的齿轮上——那是自行车中最难以触及的部位。我在路过的时候偶尔会停下来，什么也不说，因为我发现观众的存在让他感到自己的重要性。渐渐地，我发现那不是一辆真正的公路自行车，而是由一些废弃的零件组装成的。但我什么也没说，更没跟他提起过车铃和后视镜的存在所造成的不协调，因为只有普通的轻便车才装有车铃和后视镜。

"维他命"还有一个本子，记录着街坊邻居的一举一动。某天，他在让我发誓保密后，告诉我他家的杂货店实际上是用来掩饰他父亲的真实身份的。他父亲是国际刑警组织①的特工——你会发现，这个秘密的泄露将极大地改变我的命运。

"维他命"的父亲常常穿着一件灰色的罩衣，罩衣很干

---

① 原文为 Interpol。

净，里面穿一件白衬衫。他的胡子很细，像美国演员一样，并且他把胡子修得不对称，造成（是他儿子告诉我的）一种好像只有一侧的脸在微笑的假象。似乎是这种假象让他获得了人们的信任。事实上，人们的确很信任他，尽管他的头顶有一片明显的光秃，但他的脸上始终带着一种诱人的表情。手动信用卡打印机①是店里跟武器最接近的东西，我每次看见他使用那台机器的时候，都会浑身起鸡皮疙瘩。我很快意识到，我想成为他那样的人，拥有两种生活，一种是表面上的，另一种才是真实的。也许那时的我已经拥有两种生活了，否则，那个发现也就不会给我留下如此深刻的印象了。

由于"维他命"无法帮助父亲打点杂货店，因此他便负责记录人们的生活习惯。"水管工，"他在本子上写道，"在十一点半的时候骑摩托车经过，车的挎斗里放着一个坐浴盆。"又或者："帕卡在四点的时候走出家门，他向街道的两侧望了望。接着，他朝这里走来，但在街角停了下来，同雷梅迪奥斯说了几句话，雷梅迪奥斯递给他一张写着字的纸条。随后帕卡拐进了洛斯德奥拉诺街，从我的视野中

---

① 最早的信用卡刷卡机，需手动打印收据。

消失。"所有的记录都简洁明了,不附加任何评论。他从来不用"我认为""我觉得""或许"这样的字眼。他父亲曾告诉过他,这些词绝不允许出现在间谍的报告中。间谍只负责描述事实。对事实进行解读是上级的工作。我非常嫉妒那些干巴巴的记录,直到现在也依然嫉妒。"维他命"的父亲每晚都会仔细阅读那些记录,其目的是为了发现街区里是否住着拥有双重身份的人。也就是说,是否有人表面上看起来和我们中的每个人并无二致,实际上却是共产党员。

"维他命"的父母非常感激我陪"维他命"玩儿。他们有时候会给我一片饼干,在某些特殊的日子,甚至会给我一块巧克力。"维他命"有一个姐姐,名叫玛利亚·何塞,她像幽灵一样。她的身体在校服里漂浮,在百褶裙里从一个地方转移到另一个地方。她是如此谨慎地移动双腿,以至于根本看不出她在行走。校服上衣的白衬衫在阴暗的杂货店里显得格外耀眼,仿佛点亮了一盏灯。她从不说话。在那个时期,我从没听她说过哪怕是一个词。她的存在是如此的轻盈,我常常怀疑是不是只有我能看见她。

某天,"维他命"告诉我,从他父亲商店的某扇窗户能够看到街上的情形。我觉得这个说法有些古怪,因为我们就住在那条街上,要想看街上的情形根本不需要躲在窗户后面。但他充满神秘感的模样勾起了我的好奇心，于是我问他能不能带我去看看。

"那得等时机成熟。"他说。

几天后，我坐在家门口，在地上磨一个桃核，想要拿它做个哨子。就在这时，"维他命"从他的王国向我发出信号，召唤我过去。那大概是七八月某个下午的三点或三点半。在那个钟头，天气非常炎热，街道如沙漠般死寂。我站起身来，朝他那边走去。

"走，我们去看街道。"他带着同谋者的表情说道。

杂货店的金属门锁半插着，也就意味着关店午休。"维他命"的父亲在酒吧里，他的母亲则在店后的房间，那里也被当作卧室。"维他命"猫着腰走进店里，我跟在他身后。

"等一下，"他说，"我去看看我母亲在做什么。"

他很快就回来了，告诉我她坐在耳朵扶手椅（那是我第一次听到"耳朵扶手椅"这个词，印象非常深刻）午睡。暂且不管那个耳朵扶手椅到底长什么样，这个消息意味着我们将有充足的时间。他叫我走到柜台后面，并拉起地板上一扇活门的拉环。我照他说的做了，门的下面出现一个几乎垂直的木楼梯，直达地下室。我跟在"维他命"的后面走下楼梯，把那扇门关在了我们身后。我立即感到自己被味道的宇宙包围。辣肠的味道、奶酪的味道、香肠的味道、橄榄油的味道和鳕鱼的味道。那是一个阴暗狭窄的仓库，在其中一端有一个与街道高度相当的通风孔，光线从那里溜进来。通风孔上罩着一道密实的铁丝网，其中大部分的孔都被累积了几个世纪的灰尘盖住了。但就其他方面而言，地下室比地上的那个世界更潮湿，也更凉爽。

"维他命"指了指一个木箱子，我们站在箱子上面，探头通过那个小窗口观看街上的情形。

"你看！"他说。

我凑上去，以一种线性的视角看见了我的街道。因为人行道在杂货店附近开始变宽，于是建筑发生了奇怪的弯曲。在最初的几分钟，我觉得那真是蠢极了，但在那几分钟之后，我却产生了真实的幻象。没错，那的确是我的街道，但从那个与地面齐平的地方看出去，街道被赋予了超现实的意义，像梦境般不真实。那时候的我还不会使用"超现实"或"梦境般"这样的词汇来描述那个特征，但我感到自己置身于梦境之中，能够非常清晰地欣赏组成它的每一个元素，仿佛它是个模型似的。我理所当然地看见了我家的门，同时也看见了造冰厂、缝纫店、面包店、石膏作坊、橡胶作坊、打字技校……也许是时间的关系，那个钟点的街道明亮得有些晃眼，仿若刚刚遭受了一场核攻击。它不只是我的街道，更是我的街道神秘的幻象。

我们俩就那样把脸紧贴着铁丝网，不知道过了多久，两条腿出现在我们的视野中。随着那两条腿渐渐向远处移动，我们发现它们是属于露丝的。露丝比我们年长一些，非常漂亮，住在我们那条街的男孩子都很喜欢她，尽管她谁也看不上。她穿着一双没有鞋带的红鞋子，一条白色的喇叭裙；上身穿着一件无袖汗衫，也是白色的。在她往前走的时候，她那长长的马尾就像钟摆一样，从背的一侧摆到另一侧。她大概在胸前抱着一个文件夹，因为我们看不见她的胳膊。这场景持续了几秒钟，直到她在打字技校的门口消失。不管怎样，那几秒像永恒一般漫长，当它结束后，我和"维他命"对视了好一阵子，一句话也没说。那天晚上，我梦见了从地下室看到的街道的幻象。它一直印在我的脑海中。

"维他命"后来又邀请我去观看了好几次街道。有时候是在傍晚快结束的时候，杂货店已经关门，热气稍稍退去，街上又恢复了生气。于是，我注意到我家门口不远处的那口喷泉，在那之前我从未留意过它。喷泉的样子很罕见，像是来自另一个世界的玩意儿,也许是外星人赠送的礼物也说不定呢。还有一天,我从地下室观察送冰块的人,他用一辆双轮手推车装着透明的冰块,他拿手轻轻摸了摸冰块,冰就化了,弄得他满手都是水。我看见他非常精确地切割一块冰,并将切割出来的其中一块用钩子钩住,扛在肩上。我也看见母亲站在我家门前,手里握着钱包,等待送冰块的人(我家每天要买四分之一块冰)。我看见兄妹们在街道中央玩耍。我看见父亲骑着他的 Vespa 摩托车①,不知道是刚回家还是正要出门,他总是把车停在花园里。我看见小商贩在摆置摊位,又随后将摊位收起来。我后来又看见过一次露丝,这次她是从打字技校里走出来,面对着我们,两个胳膊在胸前抱着一个很大的文件夹,仿佛想用文件夹遮住她还未发育的乳房。我看见那个有咖啡馆气息的小酒馆,不久后那里成了街区里第一家烤鸡店,也是第一家供应套餐的商店。在那个地下室,我看见了一切,并深深上瘾。于是"维他命"开始管我收费,最初是一毛钱;后来,当他发现我不从那里观看街道就活不下去的时候,他将门票涨成了两毛。

---

① 意大利品牌 Vespa。

那个夏天，我认真地计算能够待在外面而又不被父母察觉的时间。得到的结果比我预想的要多。事实上，他们每天只清点两次人数：吃午饭的时候数一次，吃晚饭的时候再数一次。父亲说，午饭和晚饭的时间是神圣的。尽管"神圣"这个词与宗教仪式相关，但并非完全不恰当，因为在我们家，每一顿晚餐都带着一丝"最后的晚餐"的意味。

当父亲在家里或者在作坊的时候，他习惯把夹克挂在楼下一个狭窄过道的墙上，而我则常常躲在离过道不远的楼梯后面的空间里（我就是在那儿计算时间，看我能够在外面待多长时间而又不引起父母的注意的）。某天，我发现夹克的口袋里装有一些硬币。由于"维他命"对地下室的收费成了我生活中的一笔意外开支，我便开始时不时地偷一点儿父亲口袋里的零钱，即使我的内心怀着极大的罪恶感——因为我知道那些抢银行的人最初都是从这种小偷小摸开始的。

另一个现象也在那个夏天开始发生：我能够在任何时刻、任何地方睡着。我一直以为这件事只有我自己知道，直到某天我听见母亲有些焦虑地向父亲提起。父亲说，我不过是需要补充维他命罢了。但我并不需要维他命。无论造成这个毛病的原因是什么,我不仅不打算纠正它,反而决定强化它,因为做梦变成了一种奇妙的体验。如今,我带着成年人的困惑,依旧无法分清做梦与清醒的界限,更不用说搞清楚在这个界限的两侧分别发生了些什么。做梦比清醒更容易传染;做梦会将一切都感染,并且是永久性的。比如,我躲在楼梯后面的空间里,等待着父亲走过来把他的夹克挂在衣钩上,然后再走开,这样我就能够偷走夹克里的零钱,用来支付从"维他命"的瞭望台观看街道的费用了。于是我听见门发出响声,隔了一会儿另一道门也发出了响声,然后爸爸出现了,像一个包裹似的,也像一个男人似的。那个男人把夹克挂起来,然后走向后院,去作坊工作。我从阴影中走出来,心提到了嗓子眼儿,慢慢地向夹克靠近……

如果我继续这样下去,如果我没办法治好那个病,那我将会被关进监狱。尽管我十分清楚这一点,但依旧将手伸进那个男人的夹克口袋里。过道的光线很暗,但我已经学会如何用手指分辨硬币的面额。如果口袋里的硬币比较多,我就会大胆地偷走四枚,而不是通常的两枚,这样我就能够连看两场街道……假如你问我这是梦中的场景,还是真实发生过的,我不知道该怎么回答。当然,这个场景的确发生过，发生过几十次，但又怎么能够忽略其中梦境的成分呢……

我将自己能在任何地方睡着的现象看作是一项特殊技能，一种天赋。事实上，我会假装吞下父母在早餐时给我的维他命，随后偷偷把药片吐进马桶里，这样我就能继续做梦了。同时，为了不让母亲担忧，我开始学会躲起来睡觉，就像那些年长的男孩子会躲起来抽烟一样。我在午饭后躲进楼梯后面的空间里睡觉——当然，躲在那里还有利可图。许多时候，从梦境到清醒的转换犹如冰从固态到液态的转化，它是那般地微妙，那般地让人难以察觉。水对冰会有记忆吗？我对那些梦会有记忆吗？也许并没有，因为当我醒来时，我继续做着那些梦。

很多小孩都梦想着能够隐形。从某种意义上来说，我是隐形的。从来没人发现我偷父亲口袋里的零钱，也没人发现我躲起来睡觉。同样，对于我的兄妹们来说，我也是隐形的。也许这是因为我排行靠中，年长的把我当小孩看，年幼的把我当大人看。那条界线，那片无人之地，没有归属感的领土，写作的疆域。只有母亲看得见我，她常常一脸担忧地看着我——我喜欢这样被她看着。但也让我受伤。也许我之所以喜欢，正是因为这样会让我受伤。她可能知道。某天在饭桌上,她提到某个人,说那人有盗窃癖。弟弟问她"盗窃癖"那个奇怪的词是什么意思,她盯着我回答了弟弟的问题。在那几秒钟里,我整个面孔血色全无,一直过了好一会儿,也许她是出于仁慈,才将视线移开。妈妈能猜中一切。

由于从未被逮住,我在这条通往犯罪的路上越走越远。某天,我索性对父亲的钱包下手,从中取出一张面额为五比塞塔的钞票(一笔可观的财富)。假如把这张钞票换成硬币,我就能尽情地从"维他命"的地下室观看街道,直到我生命的尽头(更准确地说,是直到"维他命"生命的尽头)。我拿着钞票跑出来,跑进现实,像个哮喘患者似的气喘吁吁,双腿颤抖不已。我是在午睡时间偷的钱,那张钞票一直被我揣在口袋里,直到傍晚七点。到了那个钟点,我的良心再也承受不了罪行的沉重,同时我也明白,如果父亲报警,警察不会蠢到抓不到小偷。

我想过把钞票放回钱包里,但这需要很多时间,并且风险很大。我根本不想去揣测自己怎么会胆大到偷了这么多钱。最后我决定把那张钞票毁掉。我走到街上,感到全世界都在盯着我看,于是我怀疑起自己所拥有的隐身本领。我一边走,一边将右手伸进裤子的口袋,用指头把钞票撕碎。每当我撕出一块足够小（事实上非常微小）的纸片，就将它扔在地上，并立即换到马路的另一侧行走，这样就不会留下任何证据……然而，我突然意识到，警察可能会集中调查犯罪发生的街区，于是我前往洛佩兹·德·沃约斯区，搭乘有轨电车，打算在远离犯罪现场的地方销毁证据。那是我第一次独自搭乘电车，它也构成了我犯罪生涯中的另一起罪行。我上了车，用之前（那时我还是个只偷硬币的小偷）存下的硬币买了车票，并且尽量让自己显得自然一些。车厢的中段挤满了成年人，我走到那里，将自己藏在大人的身体之间，继续在口袋里销毁钞票。

就在那个时候，发生了一件不可思议的事：当电车开出了好一会儿后，我从车窗看见一个女人站在人行道边，等待着过马路，我认出了那个女人，她是我家的邻居，在两三周前刚去世。在今天来看，很自然的解释是那个女人与我家的邻居长得非常相像。但在那一天，在我决定要销毁犯罪证据的那一天，我毫不怀疑她就是那个已经过世的女人。于是我认定那些死去的人都住在另一个街区。有一个全是死人的街区。我着实被这个念头吓了一跳，尽管这也不足以让我忘记自己来这里的目的：在远离犯罪现场的地方销毁那张钞票。

不知道在坐了多少站后,我决定下车。下车后,我以为自己来到了外国。那里的街道由石头铺砌(在我住的街区,大多数都是土路),楼房又高又好看,底层是商铺,橱窗里的陈设让人目不暇接。我走在一条宽敞的大街上(可能是丰加拉尔大街在克韦多到毕尔巴鄂的那一段),继续用一只手在裤兜里撕钞票(后来手指痛得十分厉害)。一旦完成了撕碎的工作,我就开始偷偷摸摸地将碎片分撒在人行道上,直到裤兜里不剩下一片残余。我稍稍缓了口气,在路边向一位先生询问时间,发现家里神圣的晚餐时间就快到了,因此不得不匆匆往家里赶。当我再次经过先前瞧见死去的邻居的街区时,为了不再看见死人,我把眼睛闭上了好一阵子。

那天晚上,哥哥在用餐时说,当他将来成为百万富翁的时候,他要像漫画中的人物那样,用五比塞塔的钞票来点雪茄。这只能是个巧合——否则还能是什么呢?母亲冷冷地回应他说,破坏钞票是一种罪行。尽管她是对哥哥说的,但我感到那句话是冲着我来的。我的心被击中。照她的说法,我犯下了两桩罪行:一是偷窃,另一桩则是对偷窃对象的销毁。也许我会比自己预期的更早被关进监狱。然而,出乎意料的是,父亲从没提过丢失的钞票,因此警察也就从没涉足过我家。

  与此同时,我发现父亲将装有乙醚的小瓶子藏在作坊的某个柜子里,他以为我们够不着。我在椅子上放了一张凳子,战战兢兢地站上去,够着了瓶子。我爱上了乙醚的麻醉性,喜欢时不时闻一下它的味道。在午饭后,当家里安静下来,我从厕所的急救箱里取出一小块棉花,走去作坊,将棉花浸泡在乙醚里。然后,我以胎儿的姿势(我也是以同样的姿势睡觉的)躺在楼梯后面的空间,将棉花像面具一样扣在鼻子上,瞬间进入昏睡状态。那睡眠是如此深沉,以至于当我在下午五六点醒来时,仿佛进入到一个梦境之中。从那一刻起,所有发生的事都带有那种幻觉的气息,因此,哪怕是再离奇、再耸人惊闻的事也无法真正让我们诧异了。也许正是出于这个原因,关于那段时期的记忆像一个个鲜活的梦,我们始终无法弄清那些梦距离现实到底有多远。

  某天,我如往常一样在杂货店的地下室观看街道,临走时"维他命"问我,你觉得这世上到底活人多还是死人多。我向他阐述了我的看法:死去的人形成了一片海洋,而活着的人还不足以构成一个池塘。我注意到我的回答让他平静了不少，我想，也许他已经知道自己一旦长大就会死去（那并不会太遥远，因为我的阴部和腋下已经开始长出一些细毛了）。于是我接着说，我知道那些死去的人在哪儿，因为我曾在有轨电车上看见过死人的街区。

"从电车上？"他有些怀疑，因为我当时的年纪对于搭电车而言还太小。

我立即意识到他将成为一个完美的共犯，因为他和我一样，绝不会对第三个人提起这件事，于是我跟他分享了自己的冒险经历。我告诉他，为了从他家的地下室观看街道，我一直从父亲的夹克里偷钱。某天，我偷了一笔大数目，由于害怕被发现而决定将罪证销毁。我担心警察会使用巨大的放大镜查找出那些钞票撕成的碎片，因此我搭上了一列电车，离开我们的街区。在电车经过的某个街区，死人在街道上漫步。"维他命"听得入迷，又有些将信将疑。但在他决定不相信我说的话之前，我用事实证明了我的确凿不移：我不仅确认自己看见了那个几周前去世的邻居（"维他命"跟她也很熟），而且还看见了几个我家的亲戚。我信誓旦旦的描述让他完全相信了整件事。他只是问道，在住着死人的街区里，是否也住着活人。我说我不知道，因为事实上我的确对此一无所知。于是，他请求我带他去那个街区看看。然而,这个要求一点儿也不现实,因为他的活动区域仅限于那把藤椅和那辆公路自行车的范围。他说他一定会找个借口,让自己可以离开几个钟头。

"你打算找什么借口?"我问他。

"我就说下午去你家玩儿。去你家只需要穿过一条街而已。"

事实上,我也非常希望能够再次前往那个街区,但我没办法一个人去。对于和"维他命"(他已成为与我一同进行静止不动的冒险活动的奇怪同伙)结伴前往的这个计划,尽管我明白会有很多实际操作上的困难,我却蠢蠢欲动。

"万一你因为旅途奔波而死了呢?"我问他。

"如果死在那儿,"他笑着说,"那我就不用换街区了啊。"

我也笑了起来。一个人用自己的双脚亲自迈进死人的王国,听起来也蛮有意思的。也许跨过一个王国与另一个王国之间的界限并不会比跨过梦想与现实之间的界限更困难。

"你究竟带不带我去?"他再次问道。

"那你必须把我之前为了观看街道而付给你的所有钱统统还给我。"我说。

"所有的?"

"是的,所有的。"

他稍稍犹豫了一下，然后走到地下室的一角，从墙上的一个洞里抽出一段铅管，铅管的两端都被磨平了。他说，我为了从地下室观看街道而付给他的硬币都在这段铅管里面。他如此精湛的藏匿硬币的方法让我大开眼界，我抱着那堆奇怪的财富回家。硬币尽管很小，却很沉，同时又易于掌控，我用双手抱着它，心中升起一股奇异的权力感。之前在楼梯后面的空间玩耍时，我在壁脚板后面发现了一个洞，于是我就把财富藏在了那里。

"维他命"开始求他母亲同意他去我家玩儿一个下午。这并不太难，因为我常去他家，深得他家人的喜欢，他可怜的母亲很信任我。但她向我列举了数不尽的忠告和规定，我们必须按照她说的做，这样的话，那短暂的旅程才不至于要了她儿子的命。到了约好的那一天，我一吃完午饭就去他家接他。我记得他母亲在我们临走前的最后一句告诫是：要走在荫凉的地方。那是一句奇怪的告诫，在那个年代很常见，然而在今天听来则像个笑话。终归到底，那句告诫就好比要我们摸着石头横渡大洋一般荒唐可笑，因为在一年中的那个时期，在一天中的那个钟点，在那条只有平房的街道，根本找不到一处荫凉。

于是我们顶着烈日一路走到洛佩兹·德·沃约斯区，在那里出现了一些高过一层的楼房，因此我们才得以遵循他母亲的告诫。"维他命"的体力还不错，他自己也为此而惊讶。还好有轨电车没过多久就来了，而且车上有空位。我让他付钱买车票，谁让他那么唯利是图，一心想着把对自己有利的条件转化为经济上的收益呢？让他后悔去吧。就这样，我们两个迷失的灵魂穿着短裤，并排坐在一起，去寻找那偶然被我发现的炼狱之地。当我认出那个我瞧见逝去的邻居的地点时，我们下了车，非常确定我们来到了死者居住的地方。我想表达的是，那是我一生中为数不多的几次非常真实的体验。关于当时的战栗，我想起那些参加过越战的老兵，当他们无法再度适应市民生活时，对心理医生说"那是真实的"，并对大众认可的所谓"真实"提出质疑。

那是真实的。那些我和"维他命"在走过时被吓得半死（也许正因如此，正是因为我们同样也已经死了——只是我们没有意识到罢了）的街道，对于我们而言是如此真实，就好比战争的行为对于那些越战老兵也同样真实一样。如果说，我是那里的游客（因为我还不会死），那么"维他命"则是来到了他的地盘，这一点从他观察事物的方式就能看出，仿佛他想要在变成尸体回到这里之前事先熟悉这里的情况。

"你是在哪里看见那个女人的?"他问。

"就在那个街角,"我说,"她看起来像是在等人。"

我们在迷宫似的街区漫步,观察着那些与我们擦肩而过的死人的面孔,以及那些从窗口探头的死人的面孔。我们在那儿转了大概有一个小时,或者更久。我们来到一片荒地,在那儿停了下来。有四五个死去的男孩在踢足球。令人惊讶的是,那些尸体是如此地灵敏,而那用死布做的球在传递时如葬礼般寂静。那些男孩跟我们一样消瘦,他们的身体在发生碰撞时仿佛并不会绊倒,而会穿越过彼此。其中一个男孩停下来,向我们挥手示意,大概是想邀我们一起踢球,但我们吓得落荒而逃。我当然要跑得快一些,当我意识到"维他命"还没有跟上来时,转身往后看,只见他靠在墙角,带着极大的痛苦像离开水的鱼儿一样气喘吁吁。他的脸上毫无血色,双眼周围变得乌黑,看起来像戴了一个眼罩似的。我开始祈祷:上帝啊,请不要让他死在那里,请不要让他死去;如果能让他不死,我将把偷走的零钱全都还回到父亲的夹克口袋里;如果能让他不死,我再也不会摸自己的小弟弟;如果能让他不死,我会把盘子里的甜菜吃得一干二净;如果能让他不死,我将会扯下十根头发，一根一根地从头上扯下来；如果能让他不死，我再也不会从厕所的锁眼偷看我的姐妹们；如果能让他不死……事实上，在我列举这些承诺的同时，"维他命"渐渐恢复了呼吸，脸上也重新有了血色。总之，我的祷告与他的恢复之间存在着某种神奇的关系。

我们奇迹般地渡过了这个险关，于是准备回到搭电车的那条街。在路上，我们看见一个死去的女孩，跟露丝差不多年纪，即使她带着凄楚的苍白，却非常美（也许是苍白造就了她的美）。她在一个死亡的报摊购买早已灭绝的糖果，报摊的老板是个死去的女人，她的头上罩着黑色的面纱，面纱与摊位的阴影融为一体。"维他命"提议我们也买一些糖果，尝尝味道（"吃起来一定像骷髅的味道。"他说），但我们俩谁也不敢去买糖，我们怕那女人发现我们的钱是活的，从而意识到我们俩是从外面闯进来的。

问题是，我们迷路了，找不到搭电车的那条街了。我们在那儿附近转了两圈，四圈，六圈，也依然没能找到那条街。"维他命"看起来并不担心，反而是我，因为苦恼而开始有些呼吸困难。一想到可能会永远被困在死人的世界里，我就感到十分害怕，禁不住开始呻吟，像个疯小孩似的胡言乱语，喋喋不休——至少我对疯小孩的印象是那样的。

"你在说什么？""维他命"问我。

"我在说，我们根本就不应该来这里。"我终于哭着说出了一句连贯的话。我一边哭，一边心里明白，无论我今后做什么，都无法从简历中抹去这极度懦弱的一章了。一直掌控着局面的"维他命"见我如此恐惧，于是走向一个男人（很明显，他是个死人），询问电车站在哪里。男人说车站就在路的这一侧，再过两条街就到了，并告诉他应该怎么走。

上了电车，我为自己的表现感到羞愧，偷偷瞅看"维他命"的面孔，琢磨着他到底是会嘲笑我呢，还是当面指责我。但我发现他聚精会神地看着窗外，观察着街道的另一侧——可能也是生命的另一侧。我记得他用小鸟般的手指紧紧抓住车厢内直立的扶手，整个身子在松垮的蓝白色条纹衫中晃来晃去，头发被汗水黏在前额，嘴巴微微张开，仿佛在热切地期盼着某个事物，但它却一直都未能出现……我突然想到，他可能在狂奔之后就已经死去了。也许我以为的恢复实际上是进入了另一个状态。我之所以怀疑他，大概是为了转移我刚刚对自己产生的怀疑。当我们返回街区后，我先送他回家，完成了职责，然后我回到自己家，整个下午都埋在漫画书里，至少在假装看书，同时心想，我不是英雄，也许我永远都成不了英雄。

第二天，我一根一根地，从头上扯下十根头发。发根呈球茎状，我拿着放大镜观察，感叹发根与某些农作物的根竟如此相像。接着，我打开那段铅管，从中取出一些硬币，放回到父亲夹克的口袋里。顺便提一句，在将钱放回去的过程中，我差点被发现，于是我就此理解了"讽刺"的概念——尽管当时的我还不会这个词。同时，我也将盘子里的甜菜舔得一干二净。我彻底地改过自新。也许我不会被关进监狱里了。

死亡街区的冒险带来了严重的后果。我好几天都没出门，同时也过度使用乙醚。我能在任何地点、任何钟头睡着。有时候睡意在吃饭时来临，勺子还停在嘴边，眼睛却已经闭上。早上刚起床，我就带着无比感恩的心情盼望着夜晚的到来。我常常幻想自己身患重病，不得不卧床休息一两年。母亲走到我的身边，用手摸了摸我的前额，看我是不是发烧了。有时候她会说："这个小孩在酝酿什么。"这句话听起来像一道威胁。直到今天，那句"酝酿什么"依然让我恐惧，因为回过头来看，当时的我确实是在酝酿一场宿命的青春，也许也在酝酿一个致命的存在。

后来，我没能患上任何一种需要卧床一两年的病，只得了几次扁桃体炎，发高烧，让父母很担心，同时也让我体验到真正幸福的瞬间。发烧是语言中最美的一个词（发烧，发烧，发烧）。在我这辈子吃过的所有药物中，没有任何一种能够引起像发烧那样的致幻体验。应该发明一种吃了会发烧的药。不需要高烧，大概0.8或0.9度的烧就能让人疏离现实。我清楚记得每一次透过发烧看世界的景象，也记得每一次世界透过发烧看我的景象。当然，扁桃体发炎会造成发烧，但阅读某些书籍也会导致发烧。譬如，《罪与罚》[1]里的一些章节会让我发烧。直到今天，假如我认真阅读那些章节，依旧会发烧。有那么几次，在我身上发生过奇怪的事：我能够在现实中察觉出发烧。就在不久前的某天早晨，我刚坐下来开始工作了不到五分钟，就感到房间发烧了。不仅是房间，房间里所有的物品也都发烧了。我碰了碰书籍，书籍发烧了；我摸了摸我的恋物，恋物发烧了；我抚摸了一下椅背，椅背也发烧了。我写了一篇文章，顺理成章地，那是一篇发烧的文章。

发烧。

---

[1] 《罪与罚》是俄国文学家陀思妥耶夫斯基的长篇小说，出版于1866年。

某一次，有人在提到我的作品时，说我书中的人物不是即将提笔开始写作，就是即将患病。有时候，人物在开始写作时病倒，在另一些时候，他们在生病时写作。我写出的最好的东西往往都与发烧有关，也就是说，那些东西都在发烧。它们发着低烧。低烧，又一个美妙的词语！我就是发着低烧开始写这本书的，到现在烧还没有退。发烧创造了一个甜美而又疼痛的网络，将你与现实、世界、地球……一一连接起来。发烧伤害你，又将你治愈，像我父亲的电动手术刀一样。

事实上，我一直在"酝酿"扁桃体炎的发作，从而可以在整个夏天都待在父母的床上。正如我在前面提到过的，我在父母的床上很快乐。躺在父母的床单上，我感到一阵既奇异又平静的幻觉。它发生在下午，我体温上升的时候。母亲常说，扁桃体发炎会让我的身体被"猛地拉长"。为了验证身体被拉长了多少，我有时候正面躺着，尽可能地拉长身体，试图用脚底去触碰那张巨大无比的床的南端。某天，当我正在进行这项练习的时候，脚底板突然与另一双完全相同的脚底板撞在了一起，仿佛床单下面躺着一个镜像中的我似的。我的惊讶大过恐惧，立刻把两只脚缩回来，沉思了一阵。接着，我再次拉伸双脚，脚底板再次碰到了另一个小孩的脚底板。就这样,我感受着他的脚底板,睡着了。时间的流逝丝毫没有减缓事件发生时的真实感,后来我根据这一经历创造了《字母的顺序》中的主人公。这件事之所以发生,是为了向我展示另一侧的存在。也许我这一生唯一的作为就是试图抵达另一侧。有的时候,我虽然无法跨到另一侧去,却能伸头朝那边张望。它也是这本书探讨的内容之一。

"我头疼"是语言中最笨拙的表达式之一,至少从小孩的角度来看是这样的。头包括下巴、鼻子、后颈、颧骨、耳朵……"我头疼"意味着所有这些部位都很疼。但是当我发高烧的时候,我的脑髓感到疼痛:

"我的脑髓很疼。"我告诉母亲。

"别说脑髓,"她吓了一跳,纠正我道,"要说头。"

我和母亲对视了几秒,窥伺着彼此。在脑髓附近发生了一件恐怖的事,但我并不太清楚它具体是什么。

我确实被猛地拉长了。当我在一个星期后下床时,我发现自己的胳膊和腿与之前相比,都长得有些离谱。而且,那时的我非常消瘦。我觉得自己就像一只竹节虫。我并没有停止思考关于"现实"的问题。很快,我就意识到那个奇怪的状态叫作康复期。康复期与发烧有一些相同的优点,因为在康复期间,所有的东西,包括身体本身,都显得焕然一新。我记得在走进花园时(那个被我们叫作花园的地方)阳光带给我的强烈感受。我也不曾忘记触摸物品带给我的惊讶。在打开一扇门之前,我一边抚摸门的把手,一边在心中默念它的名字,把手;在生病期间,语言也获得了一种奇怪的稳固性。说我为每一件物品都举行了开幕典礼,一点儿也不夸张。

我常常坐在通往后院和作坊的台阶上,看父亲如何工作,由于身体虚弱,我需要花好几分钟的时间专注于呼吸。就像我能清楚地感受到胳膊、大腿、舌头和脑髓的存在,我也能感知到肺的存在,我想象着肺犹如两个丝纸做成的袋子,随着每一次的吸气和呼气而膨胀、收缩。有时候在呼气的同时,我也会呼出词语,比如,铜线圈。我在体内,在胸腔的位置,念出这个词,铜线圈,然后感受它穿过喉咙,在滑过舌头时被抹湿(它在舌头留下一股电流的味道),在牙齿的围栏中寻找缝隙逃跑出来,像烟雾似的飘浮在空中,慢慢化解开来,直到消失不见。

词语能够从具体的、有形的物件中获得一些属性。我可以把词语放进口中,像含一颗糖那样,在将词语吞下或者吐出之前,在口中玩味。我常常提出一些奇奇怪怪的关于语言的问题。比如说,既然兵豆是阴性的,那么如果是男人吃的,不就不应该被叫作兵豆了吗?① 我的质疑是基于一个阳性和阴性被野蛮地分开来的世界(也许直到今天依然如此)。不仅没有男女生混合的学校,也没有任何一样东西是男女混合的。在这样一个世界里,女人吃(阳性的)鹰嘴豆、男人坐在(阴性的)椅子上、女人拥有(阳性的)头发、男人使用(阴性的)衬衫② 等一些表达方式就显得非常矛盾了。我被搞得头昏脑涨,因此,当母亲走过来递给我一碗加了糖和甜酒的蛋黄(那个年代典型的补品)时,我低声把这些想法告诉了她。母亲满脸疑惑地听我讲述,她叫我不要把这些话告诉任何人,说她会负责修复并搞定这一切。跟她永不会死的誓言一样,这是她另一个虚假的承诺。母亲并没有将现实修复,我花了好长时间才原谅了她。而我所能做的,则是在心里默默地纠正别人说的话,渐渐地,我对此上了瘾。例如,如果说某个弟弟"se había hecho daño en una pierna"③,我就会低声纠正说是"pierno",应该说"se había hecho daño en un

---

① 西语中兵豆为"lenteja",阴性名词。
② 西语中的"鹰嘴豆"(garbanzo)为阳性,"椅子"(silla)为阴性,"头发"(pelo)为阳性,"衬衫"(camisa)为阴性。
③ 此句意思为:他把腿摔断了。

pierno"①。但假如摔断腿的是某个妹妹，我则会将句子改为"se había hecho daña en una pierna"②。修复现实是一项令人筋疲力尽的工作，但必须有人来完成它。

并不是语言中的一切都这般不完美。我惊讶于词语与它所指代的事物的匹配能力。比如，桌子只能是"桌子"一词所指代的桌子，而不可能是其他事物。"马"也是如此。你在念出"马"这个词的同时，眼前即会出现马的鬃毛、尾巴和不安的眼神……我们有可能将桌子称作了"马"、将马称作了"桌子"吗？不可能。在很久很久以前，词语和事物是如何遇见并相互配对的呢？这个世界上有太多的词语和太多的事物，很容易就会混淆，导致错误的联姻。但我没排查出任何错误。每个事物都拥有正确的名字。然而，我却对另一个问题充满了疑惑：假如我们在念"gato"③一词的时候会在脑海中浮现出一只猫的情景，那么为什么在念到"ga"的时候脑海中不会浮现出半只猫呢？我没有向

---

① 西语名词的阴性阳性一般通过词末的字母判断，一般情况下，以o结尾的为阳性名词，以a结尾的为阴性名词。作者在这里将pierna（腿）改为pierno，从而使句子里的每个词都变为阳性，符合主语的阳性（"他"）。
② 作者在这里将daño（伤害）改为daña，从而使句子里的每个词都变为阴性，符合主语的阴性（"她"）。
③ 西语中"gato"一词的意思为"猫"。

母亲提出这个疑问，是为了不让她担忧，因为我发现她在听我讲述关于词语的想法时，脸上曾露出苦恼的表情。

扁桃体炎的康复期十分漫长，事实上，它延续至我的余生。但在离开病床两三天后，父母不再管我，于是我恢复了早先的隐身状态。我所做的第一件事就是去找"维他命"。他注意到我身体的变化，说我看起来像个蜘蛛小孩。相反，他却有些奇怪地胖了一些。当我跟母亲提到这件事的时候，她说那并不是胖，而是浮肿。她用词的准确性让我着迷，我想知道自己是否某天也能像她那样娴熟地掌握用词。也许就是从那个时候开始，我喜欢上了字典，发现词语的定义即是用电动手术刀切开现实（文字的现实）的结果。但就像我之前提到的，在那个时候，词语和事物是完全一致的。如今依然是这样吗？

在我被拉长的同时，"维他命"却在萎缩。为了推迟或缓减这个对他而言意味着死亡的萎缩，医生给他开了一些药。我很想就这个话题跟他聊聊，但不敢开口。我从来不知道他对自己的病情到底了解多少。也许他早已发现，如果将自己包裹起来，可以活得更久一点，甚至永生。那时候人们常说，当外部条件不利于生存时，虱子就会在自身周围建起一个硬壳，住在壳里，直到外部条件改善为止。

"虱子能在树枝上待五十年，等待某条狗经过的时候掉在它的身上。""维他命"某天跟我解释道。

而我却认为这是对耐心的极大考验。万一虱子计算错误，没能如愿掉到狗的身上，而是掉在了地上，该怎么办？我没有向他提出这个担忧，但那只虱子的形象却陪伴了我整整一生。当我在多年后接触到佛教时，我就让那只虱子皈依做了佛教徒。关于这个故事，我还有一篇文章没有完成。

那一天，"维他命"邀请我去观看街道。应该是下午三点左右，那个钟头的街道看起来像核爆炸的作品。我们下到地下室，兴奋地走向瞭望台。也许是由于室内的昏暗与室外耀眼的光线产生的强烈对比，"维他命"很快发现了我上嘴唇附近的几根细毛。

"你长胡子了。"他说。

"还长了别的东西呢。"我补充道，心里想着阴部和腋下开始出现的毛发。

"维他命"带着怀旧的表情看着我，那是一种对未来的怀念。因为我们都知道，无论我会去往哪里，他都无法与我同行。接着，他从口袋里拿出一把螺丝刀，将拦在我们与街道之间的铁丝网上面的螺丝钉一颗颗拧下来。

"来，我们从这里爬出去，看看会发生什么。"他说。

直觉告诉我，从这里爬到街上将会造成某种后果，但究竟是什么样的后果，我并没有多想。当我们爬出去以后，我惊讶地发现，从地下室观看街道所获得的超现实的效果并没有因为我们从那里爬出来了而消失。如同我刚刚康复的身体，一切都是崭新的。即使是街上最破败的角落也散发出绚丽的光芒，让人禁不住久久凝视。毫无疑问，"维他命"正在走向他生命的尽头，但即便如此，在临终前的他的身上也能感受到某种令人钦佩的完美。我记得有一条狗从我们身边走过，我盯着它看，仿佛那是创世记出现的第一条狗。我从来没有如此仔细地观察过一条狗。它停下来，抬起一只腿撒尿，惊讶地看着我们，就像我们惊讶地看着它。我的意思是说，那惊讶是双向的、互通的，我们理所当然地共享着那道惊讶，如同我们理所当然地共享着那条街道，仿佛那条狗和我们属于同一事物的延伸。我和"维他命"看着对方，笑了起来，但他的笑和我的笑也一模一样。我们也共享着一个属于这个世界的笑容。

露丝就读的打字技校的大门敞开着，于是我们把脑袋伸进去，看见她斜坐在一台打字机边，戴着眼罩，在练习盲打（天哪！那个女孩正在学习的技能叫作"盲打"）。她觉察到我们的出现，摘下眼罩，看向我们。我们三人对望着，交换着属于我们三个人的信息，但它同时也属于刚刚遇见的那条狗。那几秒钟的强度是前所未有的。露丝向我们眨了眨眼，微笑起来。接着，她理了理大腿下边的裙摆，以免裙子褶皱，却不小心露出了内裤的边缘——整个过程持续了不到一秒钟。但那不到一秒的时间却从来没有终止过，我至今依旧活在那里面。假如我会画画，我将在余生不知疲倦地反复描绘那个场景。她留意到我们的慌乱，于是向我们吐了吐舌头，做了个可爱的鬼脸。然后她戴上眼罩，继续练习盲打，而我们则继续爱慕地看着她。她穿着一件白色汗衫和一条白色喇叭裙，但她的眼罩是黑色的。为了搭配眼罩的颜色，随着她的手指在打字机键盘上游走而在白纸上敲出来的字也是黑色的。有一次，一名记者问我是否喜欢黑色音乐，我在给出肯定的答复的同时，心里想着的是那个下午，在位于我的街道的那所打字技校的门口，远远聆听的那一曲。

那次经历搞得我筋疲力尽。但无论是单独来看还是合起来看，那筋疲力尽也是带有幻觉的，充满了令人惊讶的细节。现实不仅获得了前所未有的耀眼光芒，还新增了一座建筑的属性，我们能看见建筑的各个部分，并从那里前往所有的地方。"维他命"注意到我脸色苍白，问我会不会昏过去。我说不会，但提议返回地下室。于是我又像蜥蜴般敏捷地从那个小孔钻了回去。"维他命"在小孔外面蹲下来，对我说他将从杂货店的大门进来，仿佛不愿意失去从那个秘密通道进入这世界所看见的景象似的。他问我愿不愿意陪他一起，我却没有勇气。那时候的我觉得自己无法长时间地承受如此高强度的景象。我需要找回事物灰色的触感和日常的本性，它们惯有的粗俗。

当我们俩都回到地下室后，我们把铁丝网装回通风孔，"维他命"用神像里圣徒的眼神看着我，问我想不想看"上帝之眼"。我问他这需要花多少钱，他说不要钱，算送我的。于是他带我回到地面，从柜台的抽屉里取出一个东西，然后带我来到街上，把那个东西展示在我面前。是一个线轴圈，其中一端被盖了起来。他让我从中间的小孔看出去，出现在我视野里的是我一生中印象最深刻的画面之一。事实上，有一只眼睛正从线轴圈的底端注视着我。我很快就明白了那是我自己的眼睛，因为在线轴圈的底端用胶布黏着一面镜子。但即便在弄清了它的原理后，通过线轴圈看到的画面也依然让我震撼不已，甚至令我感到害怕（很多年后，我在阅读巴塔耶①的时候又想起了这件往事。巴塔耶说，上帝看我们与我们看上帝所使用的是同一只眼睛）。"维他命"看到我的反应后，骄傲地微笑起来，脸上出现一轮神圣的光环。我意识到，尽管我们就在彼此的身边，但我们处于不同的维度。或许是因为他没有从离开地下室的同一个出口回到那里，他仍然能够看见带有幻觉的街道的景象；而我则因为筋疲力尽而舍弃了它。

由于他有很多个这样的"上帝之眼"，就送了我一个，这样我就可以随时随地观看上帝的眼睛了。他制作"上帝之眼"的技术越来越精湛。为了让镜面呈弧形，他耐心地在墙上磨镜子。基本上，制作"上帝之眼"的方法都差不多，他说每完成一个大概需要三到四天的时间。随着时间的流逝，我渐渐也成为了制作"上帝之眼"的手艺人。每当家里有镜子被打破时，我就赶紧捡起那些残余的碎片，像宝贝似的把它们保存起来。

"维他命"在那天晚上去世了。也许在他睡着的时候，身体想要试着生长，从而导致了心脏的爆裂。他死了，抵达了另一侧。母亲不允许我去他家（为此我打心底感激她），

---

① Bataille（1897—1962），法国哲学家，被视为结构主义、后结构主义、后现代主义先驱。

因此我一整天都待在家门口，观察着大人们在杂货店附近打点丧葬事宜。杂货店的金属百叶窗上挂着一个牌子，写着"关门治丧"。"维他命"的姐姐像幽灵一般，时不时飘浮于人群之中。我发现了一件有趣的事：那个女孩儿并不太漂亮，但与大家公认的美女露丝相比，我却更喜欢她。为什么我会喜欢比较丑的那一个？

第二天来了一辆殡仪车，人们将一副白色的棺材放进车里。我的朋友应该是在那里面。殡仪车是上午离开的。午饭的时候，母亲对棺材的颜色发表了看法，认为"维他命"年龄不小了，不应该享受白色棺材的待遇。我问她白色和黑色在丧葬中有什么不同的含义，她回答说，白色代表天真和纯洁。从逻辑上来看，不纯洁所指的只能是大人们所谓的"罪孽深重的触摸"了。事实上，我可以证明，"维他命"常常"触摸"。我不可避免地将死亡与性联系了起来。我学得很快。

那天下午我出门上街，一直走到洛佩兹·德·沃约斯区。那里有个卖散装香烟的小贩，我买了一支（LM牌的），走到人烟稀少的空地将它点燃，带着成年男人的表情（饱经沧桑的成年男人的表情）抽完了。尽管并没有将烟吞进体内，我还是感到有些眩晕，但那是一种令人愉悦的眩晕，它有助于我逃避自我。我心想，也许当天晚上"维他命"就会出现在那个被我们称作"死亡街区"的地方。我想象他走在那些我们曾一起走过的街道。会有人出来迎接他吗？他会同在他之前过世的亲人一起生活（"生活"只是个说法罢了）吗？我会有勇气找一天回到那个街区去看望我的好友吗？

很多年后，我已经成年，发生了一件事，它像回声一样，唤醒了年少时与"维他命"从他家杂货店的地下室观看活生生的街道的经历。一位编辑为了庆祝我的新书出版在他家举办了一场聚会。尽管我身体不太舒服，但倒霉的是，我是当天唯一一位不能缺席的受邀者。我已经感冒很久了，那时候病情稍微有所好转（又或许是病情加重的康复期），在封闭或人多的地方我会感到呼吸困难。我尽量不去电影院或剧院一类的场所，即便去，也会选择靠门口的座位，以便能够时不时出去透透气。在餐厅，我会挑选方便出入的位置，在需要的时候可以不露声色地跑出去。我也养成了在旅行时带几米韧性很好的尼龙绳的习惯，万一酒店着火，至少能从窗户逃生。那疾病（很明显，是心理上的疾病）将我训练成一个逃跑高手，一个紧急逃离的权威，简单来说，即是一个疯子。

我在出门前服用了镇静剂，朝编辑家走去，步行为我的血液储备了大量的氧气。像通常一样，我是最早到的一批。我走进客厅，坐在扶手椅上假装兴致勃勃地观看电视里正在播放的一场足球比赛。编辑的公寓在顶楼，有一个宽敞的阳台。那天的天气好极了（是春天），通向阳台的门一直敞开着，因此房间里的氧气十分充足。

我一边跟刚到的人打招呼，装作专心听他们讲话的样子，一边却在心里琢磨着逃跑的计划，想象着各种可能发生的紧急情况。门铃每隔半分钟就会响一次，新来的两三个人出现在门口，就这样一点儿一点儿把客厅塞满。后来人太多了，为了腾出更多空间，不得不关掉电视（电视机放在一张带轮子的桌子上），把它移到墙边。扶手椅和椅子也遭受到同样的待遇。但客人依旧不停歇地抵达，人数之多与公寓的大小不成比例。大部分来客都算得上各自领域里的名人。其中当然有作家，但也有记者、女演员和法官，甚至还有一名足球教练。我很快就意识到，包括我在内的好几个作家都以为这个聚会是专门为自己举办的，因为编辑对每个人都说了同样的话。这并未让我感到恼怒，反而将我从聚会主角的压力中解放出来。与其他客人相比，我的名气不足挂齿，因此，即便我的病犯了，也不会引起他人的注意。

这让我变得莫名地乐观，兴致勃勃地走去厨房，因为从厨房回来的人说那里除了有各种各样的饮品，还有一条上等火腿，客人可以自行切片品尝，那把切火腿的刀锋利得能将一根头发（纵向地）切成两半。人们是这么说的。我记得自己在走向厨房的途中怀揣着冒险家的精神，甚至还有一丝荒谬的快乐。顺便提一句，聚会最开始那会儿的音乐令我感到十分欢愉，让我把火腿看作是金羊毛①。过道里挤满了来往于厨房和客厅之间的人，我站在那儿，感到自己像个探险家一样，身处一个不太友好、但尚能掌控的境况中，需要执行一项危险的任务。我骗自己说：周围的环境已经糟糕到无法控制了。

我花了好大力气才终于抵达了厨房。厨房在过道的尽头，形状像子宫一样，也像梨一样。我一走进厨房，就凭着求生的本能发现了一扇开向天井的窗户，窗户敞开着。我不慌不忙却有些担忧地朝窗外看了看，若是从天井逃跑，墙上几乎没有可以抓的东西。此外，六楼的高度也让人望

---

① "金羊毛"在希腊神话故事中被看作稀世珍宝。

而生畏。我清了清嗓子，试着让自己看起来自然一些，然后穿过等待切火腿的队伍。事实上，我已经丧失了冒险的愉悦和期待，只能拖延时间，看自己是否能够做出决定。与此同时，我在心底盘算着返回客厅的可能性，但希望非常渺茫。想要活着穿过那人群（而且是逆流而行，因为拥进厨房的人远多于离开的人）几乎是不可能的。我不禁把眼下的情形与不久前看过的一部冒险片作比较，片中的男主角为了逃脱危险需要潜水游过一条五十米长的水管，我明白自己无法屏住呼吸坚持那么长时间，于是我索性待在那子宫状的厨房里，假装想要品尝那条众人称赞的火腿。每隔一小会儿，我就会走到开向天井的窗边，吸入一点儿新鲜空气。因为厨房里的人太多了，空气根本不够用。

我从一伙人那里拿了两片火腿，就此加入他们的谈话。其中一位年轻的拉美作家拿出一包烟，问我要不要。那段时间，我抽烟抽得很厉害，同时也在强迫自己戒烟。换句话说，在戒烟期间，我清楚地记得每一支没有被抽掉的烟。我对自己说，现在，我没有抽喝完咖啡后的那支烟；现在，我没有抽上午休息时的那支烟；现在，我没有抽中午十二点的那支烟；现在……无论是抽烟，还是不抽烟，都对我造成很大的伤害，但由于身体极度虚弱，我试图让生活向着传统意义的健康方向发展。也就是说，那时我正在强迫自己戒烟。但那位拉美作家递给我的是一支LM牌的香烟（天哪，LM牌！）。我以为那个伴随我成长的香烟品牌已经消失了。也许它确实消失了，但在那一天，在那里，它又再次出现，仿佛回音一般，重复着那个遥远的声音。为了不让双手闲着，我拿了一支烟，决定不把烟吞进体内，问旁人借了火，点燃了香烟。

烟雾不仅在我的嘴里和肺里爆炸（因为我最终还是把烟吞了进去），也在脑髓里炸开，记忆中久远的味道被唤醒。我微微感到有些头晕，于是走到窗口，呼吸新鲜空气。夜幕已经降临，天井变成了一口深井，从各家窗口透出来的晕黄灯光稍微让这黑暗变柔和了一些。我任由烟灰往下坠，默数火星在视线中消失不见所需要的时间。就在那一刻，我意识到情况有多么糟糕，尽管我假装不去注意它，但事实上我在与年轻的拉美作家那伙人聊天的同时，变得越来越惶恐，全身上下的每一条缝隙都被惶恐塞满。我转过头看向"子宫"的入口处，但那边的情况也丝毫没有好转。我在心里算计着，如果一直在厨房里待到聚会结束然后从大门离开，我幸存的几率会有多大，但计算的结果显示，可能性非常低；事实上，几率为零：厨房里的空气早已无法呼吸,而天井的空气也渐渐腐坏变质。出于某种原因,我比其他人需要更多的氧气。我跟他们不同(天哪,我跟他们不同)。

我意识到唯一可行的方案是吸入空气,屏住呼吸,从人海中开辟出一条道路抵达适于生存的区域。我计算了过道(水管)的长度,在脑海中设想着从厨房前往目的地——客厅的阳台——的旅程。随后,与其说是有意识的决定,不如说是在痛苦的驱使下,我寻找"子宫"的出口,开始自行分娩。途经的每一个人见我如此固执地前行,都张嘴冲我微笑,而我却只能回应给他们一个有些忧伤的鬼脸,同时继续屏住呼吸。我记得在过道中央遇见了某家报社的主编,我刚开始与那家报社合作不久,主编将右手放在我的肩上,试图让我停下来,跟我说话,但我却一掌把他推开。在即将抵达客厅的时候,空气被用完了,我没有完成使命。我可能会当场死去。我心想,假如刚才那位主编看见我死了,也许就会理解我之前的粗鲁态度,从而不会解雇我了。如果说在那之前我的文章是从家里寄给报社的,那么现在开始,我将从"死亡街区"寄给他们。我已经很久很久没有想起过那个街区了,也没有想起过"维他命"。毕竟,我总算是成功逃离了那里——至少我自以为如此。这些心理活动将我的注意力从死亡中转移开,我在自己都没意识到的情况下来到了公寓的阳台。我筋疲力尽,但还活着。

阳台也挤满了人,但空气充足。况且还时不时吹过一阵微风,轻拂过众人呼出的浑浊空气。我没费多少力气就来到了阳台的栏杆边,那儿有个石凳,于是我坐下来休息。就在那时,有人将手放在我的肩上,问我是不是不舒服。那个人是M,一位患有忧郁症的作家,我曾经和他跟同一个团去巴黎旅行,并在那令人发狂的一周里跟他交换了许多关于恐慌和昏厥发作的信息。在那时候,我已经拥有过两次那种经历了(并差点儿迎来第三次)。

"你还好吧?"他关切地询问我。

"嗯,还好,只是在屋子里待久了,有点压抑。"

"所以你就偷跑到这里来了。"

"是的,我是偷跑来的。"

"如果你需要镇静剂的话……"

"不用……好吧,给我吧,以防万一。"

"这是最新发明的镇静剂,可以掺在酒里面。"

M给了我一小片药,我把它放在掌心,观察了一阵子。

"这么小的一片药,"我没话找话地说,"怎么能这么有效呢?"

"连接词也很小，但也非常有效。"M的回答有些奇怪。

我就着口水，把药吞了下去。

"谢谢。"我对他说。

"不客气。我到那边去看看。"

于是剩下我独自一人。由于是晚上的关系，阳台上忙于社交的人群并没有留意到我的存在。我的惶恐逐渐退散。在惶恐消失后，我又重新开始计算。我开始计算从我所处的位置走到寓所门口所需要的精确的步数。这项任务并不容易，我需要再次穿过阳台，对角线穿过客厅，然后经由过道走向门厅，才能抵达大门。尽管我的肺部在此刻充满了氧气，但在经过数不尽的身体的过程中，毫无疑问将会遇见一些不可预知的障碍。比如，我有可能会再次碰见那位报社主编，那么我将不得不停下来，就刚刚在过道里发生的事向他道歉。再则，也很有可能碰见聚会的主人，因为他无处不在，那么到时候我就得向他解释为什么这么早离开……

尽管体内的氧气储备还很多，我却陷入了与之前在厨房里相似的境遇。刚服下不久的镇静剂还没开始发挥作用。为了转移注意力，我站起身来，从六楼看向楼下的街道。阳台的外沿装有一道独立的飞檐。我的焦虑开始在内脏器官里引起不良反应，为了掩饰这种焦虑，我加入一伙人的聊天，那四个人正在评论另一个人——还好不是我。我在那儿站了半分钟，微笑着，对他们的看法都点头表示赞同，随后站在我左边的那个人递给我一支大麻。在那段时间里，我跟大麻的关系有些暧昧：有时与它相处融洽，但另一些时候又很糟糕，甚至危险。总之，我吸了一口，在吐出烟雾的同时想起我刚刚服用了镇静剂。也许这两者并不是非常恰当的组合。于是造成了这样的情形：痛苦集中在胸部，而思考则集中在大脑。我可以在深思熟虑的同时也非常痛苦，由于两者位于体内的不同区域，痛苦也就无法阻止思考的进行了。我心想，如果能够让两者一直待在各自的地盘，那么我体内深思熟虑的部分也许能够为痛苦的部分找到一个解决方案。

于是事情就是这样：我在继续假装参与谈话的同时，开始悄悄察看周围的情形，估摸着逃跑的可能性。就在那时，我发现我们身处的阳台与隔壁公寓的阳台之间只隔了一道很容易翻过的墙。事实上，从一个公寓翻到另一个公寓简单如儿戏，尽管要将身体暴露在空中几秒钟，但我琢磨着，飞檐的存在将会大大削弱被他人注意到的可能性。一旦翻到隔壁的阳台上，如果阳台连接客厅的门是开着的话（在那个季节，那道门通常都是开着的），那么从隔壁公寓的大门出去、从而离开那个地狱将不在话下。唯一的必要条件是客厅里没有人。

我保持着微笑，离开了人群，回到栏杆边，从阳台上探头观察隔壁的公寓。连接阳台与客厅的门的确敞开着，客厅里什么都没有。按照惯例，那套公寓的布局应该与编辑家的一样，只不过呈镜像对称罢了。如果真是这样，那我只需要跳到阳台上，穿过客厅，进入过道，再走三四步就能抵达门口。尽管有风险，但从那一侧逃跑比从这一侧要容易得多。我能行吗？一想到将要真正实施逃跑的计划，胸中的惶恐立即陡增，但脑子里的思考计算也随之加剧。

就在那一刻，主人在客厅里请大家安静一下。他想对在场的宾客讲几句话。于是，全世界都转向客厅，背对着我。机不可失，我对自己说。我立即开始行动，爬上栏杆，翻到隔壁公寓的阳台。三秒钟，还是四秒，我不太清楚，那过程太快，我还来不及计时。接着，我小心翼翼地避开在黑暗中模糊不清的家具，穿过客厅，站在过道的入口。在我左手边不到两米处即是门厅，公寓的大门就在那里。在我的右手边，和预想的一样，过道连接着公寓的其他房间，最终在子宫状的厨房的门口结束。靠近过道尽头的一个房间门开着，从那里传出电视机时断时续的光亮，以及电影人物没精打采的对话。也许那是个带起居室①的公寓。时间一秒一秒地过去，我异常灵敏的感官留意到屋里充满了炖菜的气味；并非因为当时正在炖菜，而是因为那气味已成为屋子的特征之一——对于带起居室的公寓来说，那并不罕见。

因此，我距离自由仅三四步之遥。但在迈出这三四步之前，我借着周遭极其微弱的光线，从所处的位置研究门锁的特点，这样就不需要在抵达门口时再耽搁时间。我运气不错，门上边的插销没有插上，只需要滑开门闩就能打开大门。我出了门，站在楼道，转身轻轻关门，避免发出任何声响，然后带着极大的喜悦跑下楼。我如此轻盈敏捷地往下跑，甚至一度以为自己坐在游乐场的滑梯往下滑。我往下滑呀滑，一间间公寓的大门像奇异的建筑似的在我眼前出现，在它们的另一侧重复着与我刚刚逃离的公寓相同的生命、复制的存在、相似的麻烦与日常生活。在那无比欢愉的瞬间，我感到自己并非从一所公寓里逃出来，而是从一种生活方式、一个现实的维度里逃了出来。那是一栋

---

① 在西方住宅的概念中，起居室与客厅的功能不同，前者是家庭中主要作息、休闲和娱乐场所，而后者一般用于接待客人。

老旧的建筑，电梯位于环形楼梯的中央，在经过三楼的时候，我遇见了那个由木头和玻璃组成的轿厢。它正在往上升，而我却在往下走。我向电梯里的人挥手致意，仿若从一架飞机里向另一架飞机里的乘客说再见。

经历了这么多周折，终于要大功告成，当我走到街上，在过了这么多年后，再次与"街道"相遇。我想表达的是，无论是建筑的外观、亮着的路灯，还是银行、电话亭，甚至路人，其质感都与多年前从"维他命"家的地下室看见的景象一模一样，也与那天我们通过天窗爬上"街道"时的体验一模一样。现实变得像发低烧时那般美好。现实即是一出发烧的场景，其中的每一件物品都有各自的功能。我愉悦地抬起头，看向从窗口发出的晕黄的灯光，猜度着窗帘的另一侧流动着怎样的生活。一切都将初登舞台，首次曝光，举办揭幕典礼。即使最脏、最破、最多狗尿的角落也被赋予了舞台和游乐场的特征，令人惊讶。我在心里问自己，假如童年的那个下午我并没有从爬出地下室的同一个洞返回地下室，将会发生什么？也许那道耀眼的光芒，或那场刚刚重现的低烧，会一直留在我的生活中，永不离开。

我上了一辆出租车，叫司机带我去那个也许我从未离开过的街区。司机是个不太和善、不爱干净、有些愤恨的男人。换作是别的时候,这种情形会让我感到不舒服。但在当时,我却把它当作是一个机会,来推敲烦恼的运作机理,仿佛那个男人是一只带玻璃壳的手表似的,除了报时,还可以展示其运作机理。尽管车里的味道很不好闻,我却说道:

"真好闻!"

司机通过后视镜观察着我,毫无疑问,他是在我脸上寻找讽刺的表情。但他看到的却是一副坦诚的样子。我随即补充道:

"它让我想起我父亲第一辆车的气味。"

凑巧的是,那个男人和我父亲的年龄相仿。他对我说,尽管还有几个月就可以退休了,但他还会再干几年,因为他儿子有心理问题,看病治疗的费用很高。我询问他和他儿子的事,他告诉我儿子从小一直很正常,长得也很俊俏,直到有一天因为受到同学的侮辱而跟对方打了起来。

"从那时候起,"他继续说,"他就变得非常暴力,跟任何人都能打起来。在老师的建议下,我们带他去看精神病医生,他在吃了医生开的药之后就发疯了,一直到现在,他已经二十七岁了。"

在某个路口等红灯的时候,他从钱包里取出两张照片。其中一张是一个七八岁的小男孩,很可爱,带着惊喜的表情看着镜头。他的嘴半合着,鼻孔微微张开。头发很直,也很有光泽,好像刚刚洗过一般,非常随意地散在前额。那的确是一个俊俏的男孩,甚至俊俏得有些令人不安。另一张照片上是一个二十五岁左右的青年,带着精神病人特有的表情。他的眼睛虽然看着镜头,但事实上却没有看向任何地方——至少没有看向这个世界的任何地方。

那个男人在向我展示他儿子的照片时,没有意识到他采用了生发剂广告常用的"之前"和"之后"的伎俩。服用精神病医生开的药的"之前"和"之后"。我把身体向前倾,以便在微弱的车灯下看清那两张照片。我感到我和出租车司机置身于一个气泡之中,虽然那个过程只持续了几秒钟(从红灯到绿灯所需的时间),但它却留在了我的生命中,如同我们从地下室爬上街道那天露丝摘下用于练习盲打的黑色眼罩对我们做的鬼脸一般,停留在我的整个生命之中。它也像上帝的目光一样,自打我第一次从线轴圈里看见了他的眼睛,他的目光就从来没有移开过。

看了那个男孩"之前"和"之后"的照片,我就了解了那个出租车司机"之前"和"之后"的生活，以及现实中所有生活的"之前"和"之后"。我知道，如果我就此开始描述那个脾气不好、苦恼愤恨、臭烘烘的司机的生活，那将会是一部杰出的作品，因为在等待红灯变绿的痛苦的几秒钟内，尽管我的身体被困在其中，大脑却在另一个时间维度中高速运转，那一个维度是如此不同，以至于整部小说从头到尾的情节都出现在我的大脑里，天哪，那简直就是人们所谓的，一部彻头彻尾的小说。我带着钟表师傅观察手表内部机理的精确性，查看着构成那个故事的每一个部件。我开始有些同情那个故事，同情那个人生，但那种同情并不会对我造成伤害，因为它不过是我叙事架构中的一个部件罢了。我要做的，不过是像建筑师计算材料的韧性那样，评估每个部件的质量。但我随即对自己说，一个能够把周围的事物都看得如此清晰透彻的人，即便出租车司机的故事再精彩，也不应该把时间浪费在讲述那种故事上面。我的职责是讲述关于这个世界的故事，也就是说，关于我的街道的故事，因为我在那一刻突然意识到，我的街道是这个世界的一个仿制品，一个精确的再现，一个复制品，甚至也是它的一个隐喻。直觉告诉我，为了完成这项任务，也许我应该采用"盲写"法——它与露丝①的方法似是而非。

在那决定性的几秒里,我同时也意识到出租车司机的不干净和不友好并不是冲着我来的。正因为那不是冲着我来的,我才能够保持距离客观冷静地观察它们。顺着同样的逻辑往下推,那么这个糟糕的世界也不是冲着我来的。也许这个世界根本就不糟糕。世界就是那个样子,有跳蚤、臭虫、老鼠;当然,也有痛苦和伤害,但那些痛苦和伤害的存在并不是为了让我难过,也不能说跳蚤、臭虫、老鼠、痛苦和伤害即是这个世界的全部组成部分。臭虫和老鼠跟世界上的其他东西一样,是因为某种逻辑而出现的;我、出租车司机、他有精神问题的儿子……都是因为某种逻辑而出现的。我想起了不久前读过的一篇与上帝的对话。作者是一位著名的美国记者。他将自己同一个媒介关在一个房间里好几个月,他向媒介提问,媒介把问题转达给上帝。有时候,上帝在几个小时甚至几天后才作出答复(如果沉默不能算作回答的话),但当他开口时,他的回答都不可思议地带有一种毁灭性的正确,一种残忍的效力。例如,关于"为什么会有死亡"这个问题,他说,对他而言死亡不

---

① 露丝在西语中是 Luz,该词的本意是"光",此处有双关之意。

过是"生命内部的一次迁徙"。上帝从未以另一种方式看待过死亡,也不明白为什么我们这些死亡的用户会将死亡看作是对个体的侵略。生命内部的一次迁徙。很明显,试图为死亡命名、试图为那个名称赋予意义的我们一直都搞错了。无论是死亡还是那些臭烘烘的出租车司机,它们存在于这个世界的目的都不是为了伤害我、伤害我们。

我把这些想法讲给出租车司机听,他突然感动地哭了起来。他说,是的,他儿子发疯并不是为了让他与妻子的生活变得痛苦不堪。发疯不过是生命内部的一次迁徙,不过是生命玄妙的逻辑的一种体现——我们都是组成这玄妙逻辑的一部分。错误在于,我们把这个逻辑当作一个难题来看待。在那辆出租车里,在我和那个臭烘烘的司机之间,存在着某种不可言喻的东西:一个奇迹,一个启示,一个信号。其中最美好的一点是明白这样的奇迹每时每刻都在发生,发生在每辆出租车里,在每个家里,在每个身体里。问题在于我们并没有站在正确的位置来观看现实。正因如此,生命中的迁徙才被我们看作是死亡。

我走下那辆变形后的出租车,神情恍惚地穿过我的街道,从街头走到街尾。当然,那条街已经变了。童年时的平房被六七层的楼房替代。但我却能看见过去的屋子和居民，它们像幽灵一般被画在楼房的外墙上。我看见我父亲，他正斜倚在作坊的工作台上，用他的电动手术刀练习切牛肉；我看见露丝，她正戴着一个黑色的眼罩，坐在打字技校的机器前练习盲打（盲打！）；我看见我的母亲，她正带着贪婪的神情拧开一瓶镇静剂；我看见"维他命"，他正坐在自行车旁，制作一个新的"上帝之眼"，一个新的观看自己的眼睛；我看见他的姐姐，她像幽灵一样在百褶裙里从一栋建筑飘浮到另一栋建筑；我看见青春期那些死气沉沉的下午——死气沉沉的下午，我们从不会这样形容上午和晚上，在一天中，只有下午带有死亡的气息：人们说，下午的来临，即是一天的逝去，同时也是下午的逝去。从时间的角度来看，那些死气沉沉的下午对我而言却是最具活力的。无论好坏，是那些下午造就了我；我正是在那些百无聊赖地如幽灵般四处晃荡的下午获得了生命。总而言之，我想到"死亡街区"，那个街区的存在证明了死亡不过是生命内部的一次迁徙罢了……但我看见的终归不过是将那一切联系起来的看不见的连接，那些连接是如此牢固，以至于在现实的深处，一切都是同一事物的不同表现形式。那种多样性有些自相矛盾地服务于它的一致性，因为事实上只存在一个事物，即我的街道，也就是说，"街道"，或者说，世界，在那个世界里，露丝和我都只不过是迁徙，只不过是地点罢了。露丝、我、"维他命"的姐姐、死去的"维他命"，我们都一样。

这个启示让我在那个瞬间成为世界上最信奉宗教的人（正如人们常说的那样，"宗教"一词源自拉丁语里的"religare"①，意思为"连接、联合"）。然而，欢愉且发着烧的身体上突然出现了一道裂缝，一个疑问：假如我此刻看到的一切是因为我是从一道错误的门（聚会主人邻居家的门）进入的现实呢？当年我从"维他命"家地下室的天窗爬到街上时，心里也揣着同样的疑问。事实上，在那一次，当我从同一个地方返回到地下室以后，那番景象就消失不见了。如果我现在沿着走过的路返回，进入编辑的邻居家，从那里翻回到编辑家的阳台，再从阳台进入他的公寓，最后再从正确的大门返回到街道上，会发生同样的事吗？低烧会退去，光环和启示会消失吗？世界会恢复星期天的下午固有的那种不透明吗？

我决定验证一下那个材料的韧性，于是搭上另一辆出租车，原路返回，打算从正确的门回到现实。我不知道该

---

① 西班牙语中"宗教"一词为religión，源自拉丁语里的religare。

如何再次进入编辑的邻居家,也不知道如何再次翻过阳台,但我想,到了那里应该会有办法。

带着这样的自信,我走进公寓,乘坐那个木头和玻璃造的电梯上到六楼。走出电梯后,我发现邻居家的门半开着。我把头伸进去,看见客厅和过道里挤满了人,人们三五成群地围成圈子,在严肃地讨论着什么重要的事。既然我的出现不会引起注意,于是我就走了进去,加入其中一个圈子,马上意识到有人去世了。根据人流的方向,我推测灵堂设在走廊尽头右手边的房间。在第一次侵入公寓时,我以为那里是起居室,实际上却是一间非常宽敞的卧室,几乎有工作室那么大,床上躺着一个留小胡子的年轻人,我假装在他的遗体前静立了一会儿。他的小胡子之所以引起我的注意,是因为它看起来像是假的——尽管当时的我心里并没在想着胡子的事。我向他的家人哀悼了两次,然后回到过道,再从那里返回客厅。尽管阳台上也有人,但出于当时屋子里凝重的氛围,我琢磨着,寻找时机跳到另一侧的阳台上去应该不会太难。

我靠在将两套公寓分隔开的栏杆上,假装俯瞰楼下的街道。我把头伸向编辑家的那一侧,发现尽管有一些人在客厅里,但阳台上却空无一人。出于某种莫名的奇怪缘由,聚会看起来好像刚刚开始似的,仿佛是要给我第二次参与的机会。从一侧翻到另一侧不过是时机和决心的问题。我把自己想象成小虫子,想象成一只蚊子。谁会在葬礼或聚会中留意到一只蚊子的存在?于是,我在确认两侧都没人看见我之后,像只动物一般跳了过去。那过程简直容易得不可思议,但事实上,由于驻在我体内的低烧和欢愉,任何事情都是如此容易。

在翻进编辑家两三秒后,四五个人从客厅来到阳台,我认识他们中的每一个,但并不太熟,于是我跟他们打了个招呼。他们在激烈地讨论一部电影,其中一个人认为那是一部杰作,而其余几人则认为那是一部垃圾片。在某个瞬间,他们递给我一支大麻,我顺势吸了一口。那并非是哈希什①,而是大麻,感觉非常好,吸一口就足以让我飘起来。我发现没人注意到我飘浮在距离地面几厘米的高度,这让我开心地冲自己笑。所有人都审度地看着我,但我却回敬他们一个"你们想让我说什么?"的表情,于是他们继续之前的讨论。

吸过第二口大麻之后,飘浮感更强烈了。第六感告诉我

---

① Hashish,是大麻的树脂,比未筛分的大麻芽或叶的浓度要高。

应该离开那群对我没什么好感的人。我朝客厅走去，由于脚无法着地，移动起来有些困难。即使我尽了最大的努力，双脚依然保持在距离地面三四厘米的地方，仿佛在地面和双脚之间有一床看不见的垫子，让我不得不在行走的过程中努力保持平衡。眼前的情景让我禁不住笑了起来，心想着隔壁公寓里那个留着小胡子的遗体……我从未见过留着小胡子的遗体。我就是在那一刻突然意识到胡子可能是假的。同时也意识到，我在面对那具遗体时所感到的不安，是源于自己的某种感受（我在过了好一阵之后才得以将那种感受表达出来）：死者实际上是个女人，一个贴上小胡子假装男人的女人。

我反复玩味着这个意外的发现，在沙发对面的一个凳子上坐下，佯装加入由编辑主导的谈话中。编辑注意到我，说他没看见我是什么时候来的。

"我是从阳台进来的。"我镇静自然地回答道，所有人都笑了起来。

我很快发现，他们在谈论厨房里的一条上等火腿，客人可以尽情享用。主人解释说，那条火腿是邮购来的。事实上他买了一整只猪，但分成好几部分单独邮寄过来。他描述得非常详细，甚至让人觉得有些啰唆。

"六七月的时候,"他说,"我收到四根辣肠、四根香肠、一小块里脊、一块三层肉、一大根血肠,和一根马略卡岛香肠。在十月,我收到了两根猪肠做的粗辣肠、两根同样是猪肠做的粗香肠,以及第一根里脊。两个月后,我收到第二根里脊、另一根猪肠做的粗辣肠和粗香肠、第二块小里脊,和一根盲肠做的辣肠……"

我问他"盲肠"是什么意思,因为这个词让我毛骨悚然。

"盲肠,"看得出来,他十分满足于展示自己在猪肉方面的博学,"是大肠最末的一段,不通往任何地方。"

"一条死胡同!"有人随即翻译道。

"对,"编辑表示赞同,随后继续他的叙述,"三月,我收到一块肩胛肉;九月,收到另一块肩胛肉。十二月,大概圣诞节的时候,收到了两条火腿。"

"我,"站在我身边的一个人说道,"在两年前用同样的方法购买了托尔斯泰的整套作品。换句话说,我买了托尔斯泰全集,然后书商在之后的十二个月里分批寄给我。但托尔斯泰的作品上都写着他的名字,不会是陀思妥耶夫斯基、左拉或巴尔扎克。但你怎么知道你收到的肩胛肉、火腿、盲肠做的辣肠是属于你买的那只猪,而不是来自别的猪呢？"

"那你必须信任他们，"编辑坦白道，"像我之前说的，这一切都是邮寄过来的，你无法亲眼看见那只猪。"

"那一定是一只具有象征意义的猪，"另一个参与者说道，"而不是具体的某一只猪，那只猪没姓没名。你所购买的无非是两块肩胛肉，两条火腿，若干根辣肠、香肠和里脊，等等。销售商让这些部位看起来属于同一只猪，不过是为了让你这样的客户获得享用一整只猪的幻觉。"

"这与资助一个第三世界的小孩是同一个道理，"一位女作家也加入进来，"你的钱并不是捐给某一个特定的小孩的，因为慈善组织会将捐款用于整个团体的管理与经营，但他们指认给你一个具体的小孩，这样你就能够面对着那个孩子的照片，将你慈善的爱心全都奉献出来。"

"完全正确！"之前那个人说道。

"那它的皮怎么办？"我打断说。

"谁的皮？"编辑问我。

"你购买的那只猪的皮。他们没寄给你？"

"没。"他有些怀疑地答道。

"猪皮被用来装订他买的托尔斯泰全集了！"一位电视编剧突然插话。

所有人都哈哈大笑起来，编辑借机换到另一个圈子里去，临走时没忘记提醒我们去厨房尝尝那条上等的火腿。

"还有那把刀，"他补充道，"你只要订购一只猪，他们就会送你一把专门切火腿的刀，那把刀能够将一根头发，纵向地，切成两半。"

于是我带着冒险家的精神前往厨房，甚至还带着一丝荒谬的愉悦。顺便提一句，聚会最开始那会儿的音乐令我感到十分欢愉，让我把火腿看作是金羊毛。过道里挤满了来往于厨房和客厅之间的人，我站在那儿，感到自己像个探险家，身处一个不太友好、但尚能掌控的境况中，需要执行一项危险的任务。我骗自己说：周围的环境已经糟糕到无法控制了。

我想说的是，一切都与前一次的经历完全相同。于是，我来到位于过道尽头的厨房，厨房呈子宫状。我看见一扇开向天井的窗户，并发现若是从那里逃跑，天井的墙上几乎没有可以抓的东西。我切了两片火腿，接过一位年轻的拉美作家递给我的一支LM牌香烟（LM牌！）。烟雾在我的脑髓里爆炸。我微微感到有些头晕。我将LM香烟的烟灰弹出窗外，默数火星在视线中消失不见所需要的时间，等等。

每一刻，我都清楚自己接下来的行为。我乖乖地服从这一重复的过程，期待在某个时刻会出现一个拐角，一条巷子，一道裂缝，让我从重复的情形中逃跑出来。当我决定去阳台呼吸新鲜空气，绝望地游过走廊，将那位报社主编搭在我肩上的手一把推开后不久，期待中的拐角出现了。我突然看见右手边有一扇房门，于是我偷偷溜了进去。那里的空气储备非常充足，仿若一个巨大的氧气泡。房间里有一张双人床、一个带圆形镜子的抽屉柜、两个床头柜，以及一扇连接着洗手间的门。痛苦得快要死去的我走进洗手间，在临死前几秒坐在了马桶上——尽管它在医学术语中被称为昏厥，但对于我而言，那就是死亡。如果要和我讨价还价，我可以把它称为"小死亡"，但它终归到底也是死亡，拥有死亡的阵痛，死亡的战栗，甚至还包括死亡的隧道。在隧道的尽头等待着我的，并非过来人常说的回光返照，而是一只眼睛：上帝之眼，也许是我的眼睛，仿佛置身于"维他命"制作的线轴圈里。我记得自己在失去意识前零点几秒说道：你们待在那儿，别动。在那零点几秒（也许不仅仅是零点几秒的时间，更是零点几度的低烧）中，我是从古至今地球上最幸福的人。

就这样，不知道过了多长时间，我大概是进入了梦乡，梦见自己抵达了阳台，翻到了隔壁的公寓，并从那道错误的门走上街道，进入世界。有人晃动着我的肩膀，呼唤着我的名字。我睁开眼，看见神情担忧的编辑。他的妻子站在两米外，一副厌恶的表情。我以胎儿的姿势蜷在地上。我一边缓缓坐起来，一边回想着发生了什么，差点儿再一次死去——这一次是死于窘迫。聚会已经结束，当编辑和妻子走进卧室准备入睡时，在洗手间的地上发现了我的尸体。我结结巴巴地编造借口，说我在聚会上感到不舒服，在寻找厕所的过程中没想到倒在了这里。与此同时，我偷偷打量着镜子里的自己，看见自己起死回生的面孔，吓了一大跳。在从马桶上摔下来时，我应该是撞到了什么东西上面，所以我的额头才会鼓起一块不小的包。

编辑提议打电话叫医生来看看，他的妻子说要去为我泡一杯热茶，但都被我谢绝了，我说不用担心，我已经好了，于是我离开了他家。这一次，我是从正确的门走上街道，走进世界，进入现实。已经是清晨五点了，街上几乎没有行人，也没有车辆，但有一间小酒吧开着。我走进酒吧，要了一杯热茶，如果这一切是一场梦，那我想要让梦境重现。我记得发生的一切，完完整整每一个细节，就像真实发生过的一样，甚至还有些超现实。尽管我还处在重生的眩晕之中，但我却能够逐字逐句地复述那位出租车司机向我讲述的关于他儿子的一切，他儿子的两张照片（精神失常之前和之后）深深地烙在我的脑海里，无法抹去。我也记得自己在街区漫步的每一秒钟，街上的房子、路灯、红绿灯和汽车都散发出一道叫人无法忘却的奇特光环。我也记得自己原路返回的决定，从正确的门回到世界里。我问自己，假如没有这么做，会发生什么。我有些怀旧地想到，也许那样，我就会永远待在那里面，待在一个通透明亮的世界，一个体面的世界里。也许我就不会醒过来。

在那次梦游之后，我又在一些别的场合看见了过"街道"（"街道"是理想化的我的街道），它从来都是这个世界的模型。我有一次在纽约看见了她，那是在从中央车站走向我住的饭店的路上。中央车站的大厅看起来犹如一个蚁穴。在我经过的同时，橱窗和行人突然发出耀眼的光芒，仿佛从"维他命"家的地下室观看时街上的行人和事物散发出的光芒。我静静地待在人行道上，怕这景象会很快消失，然而它却持续了好几分钟。尽管身处离家如此之远的纽约，但事实上我却站在我的街道，好像我的街道、我的世界无处不在似的。我在基多，在曼彻斯特，在墨西哥，也有过类似的经历……当我一个人旅行的时候，无论是在哪里，我都会遇见我的街道。因此，当我抵达一座城市（尤其是陌生的城市）时，我在酒店放下行李后所做的第一件事，即是漫无目的地在街上散步。或早或晚，在拐过某个街角的时候，那条街道就会出现。每一次街道出现的时候，我也能看见我自己，并且试图以虔诚的心理解自己。随着时间的推移，我渐渐将怜悯的情绪从这虔诚中去掉。我不怜悯自己，只是好奇。一个如此脆弱的人是如何幸存下来的？我问自己，那个成长于楼梯后面的空间、成长于地下室的黑暗的骨肉之身是如何活下来的？……假如我在那时候就死了（也许我的确在那时候就死了），那么之后发生的一切、每天继续发生的一切，又算什么呢？在后来的生活中，我找到了一些"维他命"的地下室的替代品，尽管方式有所不同，但从那些地方也能看见这个世界。精神分析即是其中的一个场所。五十分钟的治疗时间，意味着五十分钟的观看。因此，在每次治疗后我都需要花一两个钟头散步，以消化躺在长沙发上看见的情景，也就不足为奇了。阅读和写作也是类似的空间，尽管并非每一次都有效，但时不时地，我也能从那里看见街道，也就是说，"街道"，或者说，世界。

关于那个梦（如果说在编辑家发生的终归是一场梦的

话），我没有做任何笔记，但每一次忆起，所有的细节都会一一呈现，跟我写出来的一模一样。与通常的梦不同，那个梦的强度并没有随着时间而削弱，并没有失去它的活力、它的暴力、它的质地与味道。它一直在那里，在我的生活中，像一部等待写成的小说。对了，有一次我的确由那个梦构思了一部小说。说我构思了一部小说，是因为那场经历带着一些神秘的元素。那是在我母亲的遗体火化后的几个小时。我回到家，尽管很疲倦，却无法入睡，于是我坐在扶手椅上闭目养神，很快就离开了清醒的状态，进入梦境。梦境中出现了一部完整的小说，从小说的第一行直到最后一行。那是一部杰出的小说，如果我决定要写，只需要花功夫把它写出来，因为小说所需要的天赋、强度和活力，都已经具备了。当我从梦中醒来，我坐在桌边，准备动笔，却发现小说消失不见了。我常常为此自责，认为是我做错了什么。但我却不知道，自己究竟做错了什么。

| 第三部分 |

"对我而言你太无趣"

如果说成年人梦想着小说灵感的浮现，那么小孩子则梦想着上帝的出现——最开始的时候，那并不太难。在我们生活的世界里，上帝每时每分地存在着。我们在上课前祷告，在课后祷告；我们安全穿过马路后在胸口画十字；我们虔诚地亲吻神父的双手；我们在睡前祈祷，在起床时祈祷；我们在坐下时祈祷，在起身时祈祷……我们生活中的每一个行为都是献给上帝的祭祀，或是为了取悦他，或是为了激怒他。

地狱就在街角不远处，散步时会经过那里，有时候被石子绊倒也可能坠入地狱。如果你在夜晚手淫，然后死去，那么你将会下地狱。如果你在受圣餐前抿了一口糖，然后死去，那么你将会下地狱。如果你在语文课上冒出一个邪恶的念头，然后死去，那么你将会下地狱……尽管那个时期做母亲的都喜欢用"你将来会被关进监牢"来警告小孩，但下地狱远比被关进监牢容易得多。幸运的是，忏悔总是能够将罪恶的计数器清零。

拯救（与判决）的理念让未来的任何一种行为都变得不再纯粹。可能这个双名法也是我们所定义的成功与失败的概念的来源。上帝主宰着我们的生活，因而日历便是按照上帝之子一生中最重要的活动来编排的：他出生在圣诞假期，并在圣周①假期去世。

因此，不同的月份是组成一则故事的不同章节，而故事的主线则是基督的一生。如果否定上帝的存在，那么人类的生活将变得支离破碎，犹如一条被抽掉了链子的项链，只剩下散落的珠子（用不真实串联真实；一向如此）。跟所有的小孩一样，我也喜欢圣诞节，但我却对四旬斋②额外感兴趣。四旬斋从圣灰星期三开始，直到复活节，我们在这段以忏悔为特点的节期进行斋戒，就如同当年基督在沙漠开启征途前的斋戒一样。有意思的是，我只看重自己在斋戒期间写的东西。我每天很早，大概六点就起床，在不进食的情况下一直在书桌前工作到九点。我将那段时间写的

---

① 又称受难周，是复活节之前的一周，用来纪念耶稣受难。
② 亦称大斋期，从圣灰星期三开始至复活节止，一共四十天。基督徒以斋戒、施舍、克苦等方式忏悔自己的罪恶。

东西看作是属于自己的，也是为自己而写的。而在早饭之后写的东西则受到了污染：被劳作的辛苦和谋生的迫切而污染。我的小说同那些最具价值的新闻报道一样，都完成于早晨六点到九点之间。斋戒期。

那么，上帝的确是时刻存在着的，其存在既是为了好的方面，也是为了坏的方面。总体来说，上帝是为了坏的方面而存在的，因为他是个易怒、暴躁、好惩罚且狂热的上帝。上帝对自己狂热，因为他过度被自己的目标束缚，仿佛在他的内心深处，他对自身意图的合法性或成功的可能性毫无信心。我们可以说，上帝是一名自我的民族主义者。当然，他也有另一面，但民族主义者的身份占据了主导地位。对于天真质朴的我们来说，最奇特的一点在于，上帝并没现身，却存在于我们的生活中。换句话说，他通过缺席展现其无处不在的能力。因此，我们梦想着他能够对我们现身，让我们能够看见他、感受他。我们梦想着奇迹的发生。

"维他命"去世后的那个学期，我忘了为什么，只有我和母亲两人前往教堂涂灰。圣灰星期三是一个普通的工作日，学校并不放假，我唯一能想到的解释是我生病了，病情严重到可以不去上学，但又不至于无法去教堂。我们一大早就出了门。我牵着她的手,牵着母亲的手,她的手像包裹礼物的包装纸那般温柔地包住我的手(我是她的礼物吗?)。母亲很高,身材窈窕,记忆里的她漂亮极了,十分引人注目。她穿着一件黑色的短大衣,那件大衣一定跟随了她很多年,因为我在母亲不同时期的照片里都看见过。教区教堂距离我家两三条街,那里聚集了很多前来涂灰的人,因此我们不得不排队等候。我一边等待,一边兴奋得微微颤抖。轮到我的时候,牧师与其说是为我涂灰,不如说是将灰印在了我的额头:他用力在我的前额画了一个十字。我回到长凳坐下,保持头部一动不动,怕灰掉了下来,因为我想将额头的灰至少保留到兄妹们放学回家,以此向他们炫耀。并不是因为他们没有涂灰,而是我自以为,我的涂灰就好比英雄的伤口一般,被赋予了某种特殊的意义。要记住,人啊,你不过是灰尘,你不过是要化为灰尘。在得知人生不过是一个括号后,我如释重负。骇人的如释重负。

灰尘。

我在前面提到过,在写字台背后的一个小柜子里,存放着日程本和用过的笔记本,同时也从某个时候开始存放着母亲的骨灰。以及父亲的骨灰。我将他们的骨灰从墓园取回来放在家里，是为了某天了却他们的遗愿，将他们的骨灰带回巴伦西亚，撒入大海。两周前，凑巧（是巧合吗？）是四旬斋刚开始的几天，我接受了巴伦西亚某文化中心的邀请（他们已经接连邀请我两次了），出席一次会议。我打算借这个机会顺便将父母的骨灰撒入大海，因为它们在家里的存在已经开始让我有些无所适从了。

对于这种一两天的短期旅行，我通常只带一个不需要托运的小行李箱，箱子里刚好能装下一部笔记本电脑、一套换洗衣服，和一点点别的东西。我原本以为能够将父母的骨灰放在"一点点别的东西"的位置，然而骨灰罐的体积太大了。因此，在出发的前一天，我趁着家里没人的时候，带着极大的恐惧打开了骨灰罐，我不知道在这么多年过后那里面等待我的将是什么。当我发现骨灰被装在一个塑料袋里的时候，稍稍松了口气，并决定将塑料袋连同骨灰从罐子里取出来。

我先从母亲的骨灰开始，但骨灰罐口比塑料袋要窄，很难将塑料袋拉出来。再加上罐子的边缘不太光滑，在塑料袋上划了一道口子，一些骨灰撒在了桌子上，落在电脑边。万一妻子或孩子们在此刻突然出现，我该如何向他们解释？仅仅是想象了一番那个场景，我就吓得满头大汗。

最终我成功将袋子取了出来，放在一边。袋子比预期的更重，也更大。接着，我用一张四开纸的边缘将撒落的骨灰扫起来，放回袋子里。桌上还剩下一点点粉末，我将它们吹散在空气中。其中一部分落在了电脑的键盘上。我想，那些粉末会钻进键盘的缝隙里，也许如今已成为键盘构造的一部分，或许也是我写作的一部分。不管怎样，原本装骨灰的那个塑料袋已经很破了，我需要另找一个袋子，将这个破掉的袋子装在里面。我找到了一个"英国公司"①的袋子。如果考虑到母亲生前非常钟爱大型百货公司，每年都要去大减价血拼的事实，那么这个袋子的出现就有点儿讽刺了。从消费社会的最新定义来看，这个行为具有高度的象征意义。

将父亲的骨灰取出来就容易多了，他的骨灰没怎么抵抗（数量也没那么多），但由于原来的袋子也破掉了，最后不得已被装进了另一个"英国公司"的袋子里。在取出他们俩的骨灰的过程中，我都惊讶地意识到骨灰远远不只是骨灰。它们是将死者的骨骼磨碎后得到的非常细小的粉末，但能够从那些粉末中辨别出其原来的组织。为了以防

---

① El Corte Inglés，西班牙一家大型百货公司。

万一，我用胶带将袋子口封起来，然后把两个袋子放进行李箱，为第二天的出行做好准备。由于骨灰所占的空间比预期的更大，我不得不舍弃笔记本电脑。大多数时候，笔记本电脑对我而言并不是工具，而是被当作一种恋物带在身边：在如此短暂的旅途中几乎不可能有时间打开电脑工作。我的计划是在清早抵达巴伦西亚，直接乘出租车前往海边，撒骨灰，参加会议，和会议负责人一起用午餐，然后当天下午就返回马德里。

尽管伊莎贝尔知道我把父母的骨灰存放在家里，但我没告诉她我会在那次旅行中将骨灰带走，以免她提出要陪同我前往。我自以为这件事应该由我独自完成。按照习惯，我提前叫好了出租车，并在航班起飞前一个半小时就抵达了机场。由于是电子客票，我在办理托运行李的柜台出示了身份证后就拿到了登机牌。然后我走向安检，想早点去登机口，一边读报纸一边等待登机。

于是，我在安检的队伍中排队等候。轮到我的时候，我将行李箱放在传送带上。就在行李箱即将进入扫描通道的那一刻，我意识到自己干了一件多么蠢的事啊！也许安检人员会问我那些与火药的质地如此相似的东西究竟是什么，而我则不得不在大庭广众之下回答说，那是我父母的骨灰。

就在我即将伸手取回传送带上的行李箱的那一刻，我想到那样做会更招人怀疑，于是我尽量保持镇定地走过安检门。我常常幻想着自己某天会在安检中被捕，谁叫我天生就是个罪犯呢。事实上，我对自己在旅行了那么多次后还没被海关怀疑而感到不解。但那一刻迟早会到来：当我和我的行李箱抵达安检门的另一端时，坐在监视器前的警卫问我那两个奇怪的袋子里装的是什么，并让我开箱检查。我一边脸色苍白地打开旅行箱，一边低声念出"骨灰"这个词。

"您说什么？"

"骨灰，我父母的骨灰。"我一边补充，一边取出"英国公司"的袋子。

"人体残余物。"警卫翻译道。这引起了离我们不远的一名安检负责人的注意，也引起了在场其他旅客的注意，旅客们纷纷围过来，想要一探究竟。我有礼貌地走向那名负责人，告诉他袋子里装的是我父亲和母亲的骨灰，他们生前希望能在地中海里安息。负责人有些疑心地看着我，冲着对讲机说了几句话。一名警察随即走了过来。为了不让好奇的围观者听见，我低声将刚才的话向他重述了一遍。但警察露出怀疑的表情。

"您是说，那些是您父亲和母亲的人体残余物？"

我意识到，他们使用了"人体残余物"这个词组，而并非"骨灰"，一方面是为了威吓我，另一方面则是为了符合审讯的用词。我回答说，是的，那是我父母的骨灰。我古怪的声音一定让他感到痛快。最终，他让我等一下，因为他得向上级请示。我在窘迫和惊吓中快要崩溃了，不知道哪一种情感更占上风。我感到自己将会在警察局过夜。在等待的期间，一位我很讨厌、但同时表面上与之保持着礼貌的来往的作家从安检门走了过来。他问我是否遇到了麻烦，需不需要帮忙，我回答说不用，马上就会得以解决。他渐渐走远，我瞅见他与一位好事者交谈，毫无疑问，他一定是在告诉对方我因为携带人体残余物而被安检扣住了。

另一名警察走了过来，我记不清与之前那名警察相比，他制服上的杠更多，还是星更多。我又把故事重述了一遍。这一次，我添加了一个细节，告诉他实际上我是去巴伦西亚大学参加一个会议，但由于还未完成父母的遗愿，因此我决定顺便带上他们的骨灰，来个一石二鸟。也许换一种表达方式会更恰当，但我却脱口而出"一石二鸟"，这个词摆在那些被装在"英国公司"的袋子里的人体残余物面前，听起来有些歹毒。去参加会议这一事实并没为我在警察面前加分，他直接忽略掉了那部分的信息，只问我要文件。

"什么文件？"我问。

"关于这些人体残余物的文件，墓园给您的文件。"

我想起墓园的确给过我一份文件，但我却从未想过需要带上它。

"是的，那是必须的，"他说，"恐怕我们不得不留下您的资料，并扣留这些人体残余物，直到您能够向我们证明它们的来源为止。"

于是，父母的骨灰被扣留在了机场的警察局。在放我离开前，警察确认了我并不是正在被通缉的精神变态者。没办法，我取消了前往巴伦西亚的行程，脸色苍白地回到了家里。我对家人说我在机场感到身体不适，然后我躺上床，并且一躺就是三天三夜。第三天，一通来自警察局的电话让我复活。他们问我打算什么时候去取回那些"人体残余物"，于是我开始寻找关于那些骨灰的文件。我奇迹般地在一个笔记本里面找到了墓园的文件，那个本子里记录了一些关于一则故事的笔记，也许能成为一个短篇小说，但后来我并没有把它写出来。故事是关于一本生来就没有词语的书，一本哑巴书。如果设想它是一本语法书，那么这个问题就有点严重了。这本书的父母——雄性语法和雌性语法——理所当然地在学术界具有极高的威望，因此他们也就无法接受儿子的每一页都是空白的这一事实。故事的主线是哑巴语法书的父母辗转求诊当代最好的医生，然而，那些医生却无法达成一致：一些医生认为那是生理问题，而另一些则认为是心理问题；一些提出即刻见效的外科治疗方案，而另一些则提出过程缓慢的药物学治疗方案。我希望写出的是一部另类的、面向儿童（面向我）的语法书，书中将采用与传统语法书完全不同的方式来解释名词、形容词、动词和副词的概念。我就是在关于那项写作计划的笔记本中，神奇地找到了关于父母的人体残余物的文件。当天下午我就从警察局把它们取了回来，并放回到写字台（我此刻写下这些文字的写字台）背后的柜子里。它们依然待在那里。

在那个圣灰星期三，我异常想念"维他命"，他的死变成了一段截肢。我继续活着，没有流血，看起来也不痛苦，犹如一只缺了条腿的苍蝇或蜘蛛。然而，稍稍留意就会发现我身上少了些什么。那学期，我被安排坐在教室后排靠窗的座位，窗外就是操场。那个坐在我前面的男孩后颈处有一块奇怪的凸起。我记得他叫赫苏斯。某天他告诉我，医生从他大腿上割下一块皮肤，放进他的耳朵里，用来替代一块破损的鼓膜。他把短裤的裤脚往上提，露出那块被割掉的皮肤。确实有一块矩形的肉，它看起来比通常更脆弱。也更粉嫩。

课堂上，我常常望着窗外，沉浸在幻想之中。老师在讲台上授课，而我却在座位上编故事，每一天都往故事里增添新元素，精心加工。我像木匠抛光家具、像电工修改电路那般细致地雕琢那些故事。渐渐地，编故事成了一种病。除了它，我不做任何别的事情。我通常会预想三四个情节，轮流反复琢磨，使它们相互补充、相互完善。我活在每一个情节里，有时候，为了完成一个规模宏大的故事，这些情节会相互交织。表面上看起来我仿佛是在课堂上，在家里，在街上，但事实上我却一直都位于另一个维度，带着白蚁在木头里挖隧道的热忱，正在为某个故事加工润色。我像一只穿梭于地下迷宫的鼹鼠，敏捷地在那些隧道里移动，当然同时也不忘留意地面上的情况，因为我不止一次被老师粗暴地从幻想中惊醒。用白蚁和鼹鼠来打比方再恰当不过，因为事实上我的确也像它们一般，在存在的表面挖洞，然后钻进去，住在里面。我住在一个蚂蚁窝里，我是那里唯一的居民。我躲在我的故事里，我也是那些故事的主人公。但修建地道的目的也是为了逃脱某个地方。我钻进地洞，是为了逃脱那个街区，那个家庭，那种生活——即便对别处的生活一无所知，那种生活也不值得继续下去。

毫无疑问，我所有的科目都不及格，包括体操。我无法学习，我在课堂上不能集中精力听讲，在家里也没有办法写作业。在教材里，抑或在我的体内，存在着一种不透明的物质，导致教材与我无法兼容。用当下的语言来说：我们之间存在着连接问题。尽管我在书本跟前待的时间不少，但只要看上五分钟，我便会通过一道想象的地板潜逃到地下室，在那里挖掘新的叙事地道，新开展的情节，像一只没有眼睛的动物，在地道里盲目前进。我常常一边编故事，一边机械地在教材的空白处画人像。侧面像和正面像，有胡须的和没胡须的，有八字胡的和没八字胡的。通常都睁大着眼睛，半合着嘴，眉头微皱，头发梳向后面。通常都是男人。每一页能装下十五到二十个人像。我画了上千个人像，它们连同教材一起消失了，如今它们在哪儿？我不太擅长画画，但脑子里却保留着许多人像（都源于那个时代），直到今天我依然能够把它们画出来。我不知道自己为什么会画人像。我从来没有为这个行为找到一个合理的解释。

冬天的日子很短。下午放学回家时天已经黑了。从学校到家里，如果沿着街区外缘的空地走，大概要二十分钟，而如果横穿街区，经过一连串短而弯曲的街道（它们像极了人体的消化道），则需要十五分钟。天黑后的空地令人恐惧，于是我选择后一种走法。我通常都是一个人回家，这样就能继续在路上构思故事。有时候，我会情不自禁地自言自语。我手上拿着一个很旧的书包（那是从哥哥姐姐那里传下来的），身上穿着哥哥穿不下的衣服。我是一个彻头彻尾的二手小孩。闭上眼睛，我能在脑海里看见一条被瓦斯灯照亮的街道。街道在我的体内，但我也在街道里面，这两件事可以同时发生。电影完美地再现了瓦斯灯的心理氛围，灯光荒谬地生成了黑暗。灯光下你的影子变成了海德① 的影子——尽管那时候我们还不知道海德是谁。正值冬天最冷的时候，我穿着一件长袖汗衫、一件衬衫和一件毛衣，戴着一条围巾。为了包裹住这一切，抑或是为了让这一切看起来更协调，我在最外面穿着某个哥哥的外套，那件外套被稍微改小了一些，让它更适合我的体型。外套有三颗纽扣，每一颗都不一样，这是由于每掉一颗纽扣，我

---

① 海德是小说《化身博士》中恶魔的化身。

们就把在针线篮里找到的一颗替补扣子缝补上去。大概是下过雪，人行道上满是被踩脏了的雪。或是下过雨，不平整的石铺路上闪烁着瓦斯灯的光。

在某天放学回家的路上，我经过一块用铁栏杆围起来的施工地。工人下班前在那里放了一盏碳灯，用以提醒路人。那时的街上除了我再没有其他人，于是我捡起一块石头，朝那盏碳灯扔过去，灯被打碎在地上，发出一道奇怪的轰响。就在那时，一位先生出现在我的面前，问我为什么那样做。我呆呆地盯着他，没有作答。在那可怕的几秒钟内，我和那位先生盯着彼此，一句话也没说。最终，他做了一个谴责的表情，然后消失不见。

我为什么那样做？或许是因为我父母一辈子都在吵架。或许是因为我的成绩在班上倒数第一。或许是因为我们一贫如洗。或许是因为我们家的晚餐从来都只吃甜菜。或许是因为我由于没有手套而得了冻疮。或许是因为那些年我从没穿过新衬衫、新裤子、新外套，更别说新鞋了。或许是因为上帝从未向我现身过。这些"或许"能够写满一整页纸。如今，我每天早晨都会到家附近的公园散步。在公园入口处有一个公交站的遮篷，每周一的早晨，遮篷都无一例外地会被石头砸烂。是那些周末狂欢归来的年轻人干的。那是他们回家睡觉前所做的最后一件肯定自我的行为。他们为什么那样做？他们毁坏遮篷毁坏的是什么？我打碎碳灯打碎的又是什么？

到家的时候，我的双腿颤抖不已。要是那位逮住我的先生把我带去了警察局，那么我将会被关进监狱——从另一个角度来看，监狱是我的宿命。出于某种显而易见的原因，我把那个人取名为"**或许**"先生，我将重音放在"**或**"字上面，因为这样听起来比较悦耳。**或许**。也是在那段时期，一位神父在某次灵修中告诉我们，上帝往往在看起来琐碎的日常生活中现身。一听到那句话，我立马打了一个寒颤。我意识到"**或许**"先生就是上帝。无论是不是上帝，他奇特的现身都改变了我的一生。从那之后，我再也没有做过缺德事，倒不是因为担心他的现身，而是害怕让他失望。一位优秀的教育者（同样地，一位优秀的父亲）应当具备这种教育技巧：它是如此的不着痕迹，却又是如此的有效，如此的恰当且精确。"**或许**"一直时不时地出现。直到今天，每当我即将要做一件不应该做的事情时，他就会现身于我的脑海，问我为什么要那样做。几年前，我开始着手写一篇小说，在小说中塑造了一个类似"**或许**"先生的超级英雄，每当年轻人需要做出人生中的关键决定时，他就会出现。但小说写到一半就停了下来，一方面是因为我觉得用那种方式呈现他有些亵渎的意味，另一方面，我觉得是因为我不愿意将他拿出来与他人分享。"**或许**"戴着一顶宽檐帽，穿着灰色的大衣和白色的衬衫，系着一条黑色的领带。

在家里，由于其他房间都冷得要命，我们所有人都待在客厅里，直到上床睡觉。我们在大桌子上摊开书本，假装学习。母亲开着收音机，缝补衣服，但她却不允许我们收听广播。客厅有时候在上面那层楼，有时候在楼下，区别都不大，就像之前提到过的，为了找到一种最实际或最舒服的组合方式，我们会时不时更换房间的功能，却从未满意过。我有时候会装作上厕所而离开客厅，走去面向庭院的其中一个房间，在黑暗中透过窗户观察在作坊里工作的父亲。作坊亮着黄色的灯光，他在那里，独自一个人，坚持研究他的电路，如同我坚持创作我的故事。我多么希望他是共产党员或国际刑警组织的特工啊！然而，他不可能是国际刑警组织的特工，因为同一条街上不可能住着两名特工。他显然也不可能是共产党员。如果说父亲过着双重生活，那么他的方式跟我与我的那些故事过着的双重生活一模一样。无论如何，当我一边从窗口观察父亲，一边听着母亲或兄妹们盖过广播声的争吵，我意识到，我并不是他们中的一员。

我并不是他们中的一员。因此，我开始接近"维他命"的父亲，那个像间谍般住在我们的世界但又不属于这个世界的男人。"维他命"的父亲名叫马特奥，这个名字对于一名间谍来说再普通不过，毫无疑问这是一个用来掩人耳目的化名。每当母亲支使我去"马特奥家"买这买那的时候，我就在他的店里磨蹭，让别人插队先买，希望能够等到店里只剩下我和他两个人的时刻。我想告诉他我知道他国际刑警组织特工的身份，但请他不必担心，我会为他守口如瓶。我也想请求他让我协助他收集情报，接替他儿子的工作。为此，我准备了一段非常精简的演说，精简得几乎赶得上电报，因为这样我才来得及赶在下一位妇人——更糟的情况是一个跑腿的孩子——走进店里之前向他发表演讲。我曾有过三四次机会，但每次到了关键时刻，我的喉咙就会突然变干，胸口闷得喘不过气来，脸色苍白，以至于我面对着迷惑不解的店主，连母亲交代要买的东西都讲不清楚。

于是，我准备了一张纸，模仿"维他命"干练准确的语言，描述街区里人们的活动。某某某在每周二和周五下午七点半走进七十五号的大门,出来时胳膊下夹着一个包裹。"维他命"教过我,在这一类的报告中,不能进行推测,不能发表意见,也不能做任何解释。那是属于专家的工作。一名优秀的情报特工只需客观地描述事实。我不能够冒然猜测那包裹里装的是三明治还是炸弹。那将是被派来街区完成任务的专家们的工作。在那张纸的另一面,我记录了在我监控期间经过街道的所有汽车的车牌号。这是我自行发起的一项工作,之前"维他命"并没有想到这一点,也许是他父亲并没有提出过这个要求。我从数学笔记本上撕下来几页方格纸,打了好几次草稿,然后将最终的版本工工整整地誊抄到一张从父亲的书房偷来的四开纸上面。我从未交给过老师如此干净、如此工整、字写得如此标准的作业。我把四开纸对折了几次,放在裤兜里,等待着时机的出现。

停电在那个年代是时常发生的事。家里几乎每个房间都备有一支蜡烛,立在燃烧后的蜡堆里,要么放在甜点盘子上,要么放在咖啡杯里。在马特奥的店里有好几支蜡烛,巧妙地分布在不同的位置,以便能够在停电时照亮整个商店。与大多数家庭使用的蜡烛不同,马特奥店里的蜡烛又粗又高,类似于教堂里的蜡烛。柜台的每一端都放有一支蜡烛，同时在货架上分布着四五支。某天停电的时候，我正好在他的店里。当时除了我们俩，店里只有另一位妇人。停电时，他正好在接待那位妇人。几秒钟后（有时候停电只持续一眨眼的工夫），随着一阵呲呲声，一根火柴在国际刑警组织特工的指间燃起，他用火柴点燃了柜台两端的蜡烛，然后继续接待那位妇人，并就停电的频率之高抱怨了几句。杂货店变成了一个存放影子的仓库，蜡烛的火焰仅够开启两道明亮的裂缝。我就着那两道光线观察店主的面庞，琢磨着他修剪右边胡子的技术的确很高超，让他的脸看起来仿佛永远都保持着微笑。毫无疑问，那是一张诱人的面孔，与他为了乔装店主而穿着的灰色罩衣形成了鲜明的对比。在那个瞬间，我对他无限崇拜。

当妇人离去，只剩下我们俩时，我向他要了母亲交代的250克千层饼干。趁他装饼干的时候，我把报告从裤兜里摸出来，惊慌失措地交给他，寄希望于他在黑暗里无法看清恐惧和窘迫在我身上造成的灾难性的反应。马特奥一定以为那是我母亲准备的采购清单（那并不罕见），于是他展开纸，靠近其中一支蜡烛，他的面庞和秃顶在烛光的照耀下发出魔鬼般的光泽。他低声念出纸上的内容。他一边读，一边消化——或者说是试图消化——这个意外，因为他花了好长时间才读完那一页纸（对我而言像永恒那么漫长），仿佛想要尽量拖延时间，来回应我这个牵涉到他间谍工作的行为。终于，他看也没看我，把纸折回成我递给他时的样子，保存在那个巨大的收银柜的抽屉里。在我看来，那就像是个秘密隔间一样。

"还需要什么吗？"他严肃地问道，那严肃仿佛来自黑暗的深处，令人害怕。

"没了。"我回答，感到自己快要哭了，双腿软到快要跪下来。我想到，自己应该是没有加入那个秘密组织的权利，也许国际刑警组织会因此而不得不将我除掉。

"很好。"他说。

我转过身，但在我即将走出店门时，他叫住了我。

"你买的饼干还没付钱。"

我笨拙地取出母亲给我的硬币，递给了他。当我准备溜走时，他再次叫住了我。

"等一下。"他说。

说着，他从收银匣里拿出一毛钱，并从柜台取出一个包着玻璃纸的糖果。

"现在你可以走了，"他说，"谢谢你的情报。"

我悲哀地走上街道，但没过几秒钟就被一阵狂喜突袭，

· 131

在那天之后，我再也没有感到过那般的欣喜若狂，再也没有。在我的第一本书出版的时候，我第一次获得文学奖的时候，我的小说第一次被翻译出版的时候……我都没有感到过那般的欣喜若狂。我再也没有像那天那样享受过体内肾上腺素（无论那令人沉醉的东西究竟叫作什么）的释放所带来的快感。由于街上的路灯是瓦斯灯，停电时也依然亮着。然而，路边房屋的窗户都是漆黑的、缄默的，至多只看得到玻璃另一侧的蜡烛发出的微弱的光亮。这一切赋予了街道一种超现实的氛围，跟从马特奥家的地下室看到的景象非常相似。在那个冬日夜晚的超现实氛围中（多年后，我非常喜欢《柏林谍影》[①]那部电影，其同名原著小说不输于勒卡雷[②]的间谍小说），我走在街道上，终于梦寐以求地成为了一名国际刑警组织的特工。

到家后，我把饼干放在厨房，摸到一支蜡烛的引线，将它点燃，然后把自己关进厕所里，想要确认马特奥给我的一毛钱的确是真真切切的一毛钱。是真的！间谍是有工资的，可以以此谋生。既然如此，成绩糟糕、考试不及格又

[①] 英文名"*The Spy Who Came in from the Cold*"，是一部1965年根据同名小说改编的间谍题材电影。
[②] John le Carré（1931—2020），英国著名间谍小说家。

有什么关系?！我再也不会问自己想成为什么了，因为我已经成为了：一名国际刑警组织的特工，以间谍的身份居住在并不属于我的世界里。

马特奥给我的那个糖果是一个"无花果面包"，两片薄饼干的中间夹着一块无花果果肉。它价值两个雷阿尔①（五毛钱），但有时候它里面还夹了一个硬币作为奖品，硬币的面值与糖果相同，中央有一个小孔。当那种硬币从市面上消失后，它在钱币收藏上的价值有所增加。当我剥开糖纸，咬了一口无花果面包后，我的牙齿就碰到了一个坚硬的东西：包在玻璃纸里面的两雷阿尔的奖品。我理所当然地认为，马特奥在递给我那个糖果的时候就知道那里面有奖品。在海滩找到硬币那件事发生时，我并没有想到是妈妈事先将硬币藏在了沙子里。而这一次恰恰相反，我天真地认为那两雷阿尔是马特奥的良苦用心，但事实上它不过是巧合罢了。一切都搞反了。

就在这时，来电了，但那魔幻的氛围并未就此消失。我走出厕所，融入到家庭生活中，假装自己是他们中的一员，尽管我那个一向能洞悉一切的母亲问我是不是出了什么事。

---

① 西班牙和拉丁美洲某些国家用的辅币名，币值因时代变迁和地区不同而各异。

从那天起,我每周都会给马特奥送去一封详细的报告,他将报告藏在收银柜的秘密隔间里,并付给我一毛钱作为报酬。只是他再也没有给过我"无花果面包",这让我既难过,又欢喜。一个人不可能同时既是一名国际刑警组织的特工,又是一个贪食糖果的小孩。我们之间的间谍关系仅限于报告与金钱的交换。我们从未就我们所进行的秘密活动交谈过哪怕一句话。隔墙有耳:在那个年代,长辈们经常提到这个成语。事实上的确是隔墙有耳,因为就我收集的关于美国联邦调查局和国际刑警组织的卡片来看,这个世界(那时候的世界)遍布着隐匿的麦克风。

然而,马特奥还有另一样让我感兴趣的东西:他的女儿玛利亚·何塞,那个穿过街道而不会引起任何人注意的幽灵。她是那样的轻盈,那样的灵巧,那样的微不足道,以至于我常常幻想自己也许是(出于某个神秘的缘由)唯一一个能够辨认出她幽灵般的存在的人。与露丝那个整条街公认的、却十分空洞的美女不同,玛利亚·何塞给人一种体内住着另一个人(住着另一个了解我的人)的感觉。

然而,如果说没人看得见玛利亚·何塞,那么她也看不见我们。当她经过我们身边时,只有我会偷偷看她,像学唱一支歌那样努力记住她的面容。她的眼睛微微有些突出，如果你愿意（或者说，如果你需要的话，后者是我的情况），会发现她的眼珠惊诧地转动，也许还带着一丝恐慌。在眼睛的上方，一对粗黑的眉毛让眼部的色调变暗，看起来像是从一条阴郁的巷子里在观看生活。她的嘴唇很薄，仿佛受过摧残似的（尤其是上嘴唇），永远呈现出一副不舒服的模样，却又不甘心地妥协。她扎着马尾（在那个年代的女孩中很常见），她的马尾并非像露丝那样扎在后颈的位置，而是荒谬地从头顶开始，如同一股清泉，倾泻到腰部。所有这些身体的小事件都发生在一条线上，她的身体是如此纤细，仿佛是一笔画出来似的。而那条叫作玛利亚·何塞的线条竟能承受如此厚重的校服，也就不得不让人感到惊讶了。

那个春天，当她从冬季的校服换成夏季的校服时，我发现她的身体发生了奇妙的变化：她有了乳房。也许把她衬衫下的两处凸起称之为乳房有些夸大其词，但是对于一个如此纤细的身体而言，那即使不是自然灾难，也绝对是一件奇特的大事。当然，没有任何人留意到她的乳房的出现，除了我——她的乳房开始让我感到头晕瘫软。不可思议的是，那明明是我的乳房（不然还能是谁的呢?），却出现在了一个完全迥异的、陌生的、不现实的身体上。事实上，跟她打交道比跟她父亲打交道困难多了——整个宇宙的安全都躺在后者的手中。

在学校里，当老师在黑板前叽里呱啦时，我却在座位上幻想着我和玛利亚·何塞结婚了，这样一来我就变成了马特奥的儿子（在那个年代，女婿都称岳父为父亲或者爸爸，这就使得女婿从某种意义上变成了自己妻子的兄长：乱伦无处不在）。在我的白日梦里，他们一家接受了我，随着时间的推移，我渐渐接管了杂货店（那个作幌子用的场所）。夏天，我们佯装去乡间的小屋度假，而实际上却跑去美国参加间谍培训课程。我和玛利亚·何塞都拥有好几本不同国籍的护照，我们根据情况与目的地的不同而选用不同的护照。随着时间的流逝，他们开始让我负责"铁幕"另一侧的一些工作也就不足为奇了。

我对她的课程表、她的习惯和日常作息都了如指掌，某天，当她走出校门时，我假装跟她偶遇。由于我们俩都在往家里走，因此我装做若无其事地与她同行，走在她的身边，试图配合她的步伐，同时也有意无意地找话来说。她走路的姿势与其说是步行，更像是滑行，于是跟在她身旁小跑的我看起来也就有些滑稽可笑了。我意识到了这一点，同时也意识到我的鞋子变了形,袜子一直往下滑,短裤太长了(班上一个幽默的家伙说很难分辨我穿的到底是过长的短裤,还是过短的长裤),而我的衬衫简直就是灾难。尽管如此,我还是结结巴巴地说了几句毫无关联的话,但她并没有作出回应。有几次我们靠得很近(人行道非常窄),我的右手背轻轻擦过她握着书包的左手手背,那摩擦在我心里激起阵阵涟漪,我不得不慌张地顾左右而言其他。在即将抵达我们住的那条街之前,玛利亚·何塞停了下来,从书包里拿出一支铅笔和一张纸,用左手写道(用左手!):"我不能说话,因为我在灵修。"

对我而言,这是一个完全出乎意料的情形,我只能用点头来表示绝对的赞同,让她明白我会为其严重的后果负责,并向她道歉,告诉她我并非故意打断她的灵魂修行。从另一个角度来看,玛利亚·何塞仿佛永远都处于灵修的状态,灵修有益于她的身体状况以及内心世界。于是,我一言不发地陪着她,直到抵达她家的杂货店,我挑了挑眉毛,以示告别。

上帝往往在你毫无期待的时候不邀而至,或者以质问你为何打碎街灯的男人的形式出现,或者以正在进行灵修的女孩的形式出现。自从开始为国际刑警组织工作,我几乎都忘了上帝的存在，仿佛宗教不再是组成我生活的一部分。这并非意味着我不再忏悔、参加圣餐仪式和弥撒（那是根本不可能的事：因为它们都是强制性的），事实上，我一如既往地参加这些宗教活动，把它们作为我的秘密工作的幌子。我曾经想过把学校里神父的活动也写进每周的报告，但是直觉告诉我不应该那样做。后来我写了两篇草稿，关于那个喜欢打学生的教导主任；打学生是他每天唯一的工作。他分上午和下午两个时段打学生：从早上九点到下午两点，然后从下午三点半到傍晚七点。还好学校很大，学生很多，除非特别招他喜欢，否则大概要十五二十天才会轮到你一次。我不是他偏爱的学生，因此也就很少挨打。

我在前面说过，我忘记了上帝的存在，但上帝却通过玛利亚·何塞这个载体回到了我身边。那个幽灵女孩的神秘存在为我生命里最早一批睾丸素的释放指明了方向（或者说是与之一起升华）。我想我由此模糊地领悟到圣母像的悲哀表情与那些乱七八糟的生理失调之间的关系。玛利亚·何塞是属于"悲哀圣母"的那个世界的，在那里，一切都是乱糟糟的，但同时又处于控制之下。

我不能说话，因为我在灵修。

我把那张纸条保存在一本相册里，那里面也装着我收集的关于美国联邦调查局和国际刑警组织的卡片。每当我把那张纸条翻出来，细细品味每一个字母，每一个单词，都情不自禁地回忆起那天她写字的姿势。她是左撇子这件事对我来说是一个信号。意味着她也不属于她所处的那个世界。为了跟她保持一致，我在接下来的几个星期时不时地试着使用左手，用这种方式来发掘我左边的那一侧。我惊讶地意识到，我们给予左侧的关注竟少得可怜。在家里，唯一一个注意到我用左手拿汤匙的人是我母亲，她什么也没说，只是有些担忧地看着我，或许还带着一丝好奇。当时的我不曾料到，那段童年时期的经历会在后来成为小说《布拉格两个女人》的创作灵感。那部小说于2002年出版，是我最后一本献给玛利亚·何塞的小说。书中有一个同名的女孩，她是右撇子，却企图用左手写作。她真正的目的是写一则左撇子的故事，关于左侧的故事。有时候，当人们询问作家小说的创作过程时，我们不得不沉默或撒谎，因为真实的答案太让人难以置信了。难道我应该告诉人们《布拉格两个女人》的灵感起源于我还根本没想到自己日后会成为小说家的时候？有意思的是，尽管玛利亚·何塞明显不是小说人物常见的名字，却并没有人问过我书中的人物为什么要叫这个名字。有的时候，那些现实中实实在在发生过的片段会在小说里渗出来,留下湿漉漉的印子,如同漏雨的房间墙壁上的痕迹。

第二天,我再次假装偶遇玛利亚·何塞,并递给她一张纸条,询问她的灵修何时结束。她把书包放在地上,用两只脚夹住,从校裙的口袋里取出一支钢笔,在她的右手掌心写下两个字:明天。我做出认同的表情,然后再次一言不发地陪她走到她家门口。这一次迷住我的是那支钢笔。同学中拥有钢笔的家伙,我一只手就能数得过来。马特奥不仅是间谍,还很有钱。如果说要我陷入对那个女孩的迷恋还缺少什么条件的话,那就是这个经济上的考量了,它与阶级斗争一样,从来都是为爱情故事锦上添花的元素。

星期五的时候,玛利亚·何塞结束了灵修。我整个周末都在杂货店附近晃悠,可是她并没有出门,至少我没看见她出门。在我和她弟弟一起玩耍的年代,曾目睹过她突然化作一缕青烟消失不见。但这次,我连玛利亚·何塞的影子都没见到。因此,我不得不挨到星期一,再制造一次偶遇。

"你是左撇子吗?"我一追上她,就提出了这个问题。因为除此之外我再想不到其他话题。

"是的。"她滑行的速度比平常稍微快一些,我不得不加快步伐。

接着,她向两边望了望,仿佛在察看是否有人在监视我们,随即向我解释道,最初在学校里她被强行要求用右手写字,但她父亲在咨询了医生后,跑去学校大闹了一场,要求老师允许他女儿继续使用左手。我心想,这才是真正的父亲啊!我心想,并十分渴望成为他的儿子。我向她坦白道,这些天我都在试着用左手做事(事实上我在用左侧生活),但是太难了。

"如果能够什么事都用左侧来做的话,"我补充道,"那真是厉害。"

"如果你是左撇子的话,"她非常肯定地回答,"并非如此。"

"我相信是的。"我坚持道。

随后,她承认用左手的确不太容易,因为这个世界是"因为右撇子且为了右撇子"而设计的。她举例说,用左手握剪刀是没办法剪东西的,灯的开关总是设置在右手先能触到的地方,类似的还有门的把手、厨房用具,以及马桶的水箱拉手(我不喜欢这个例子)。她的解释让我意识到她真的是活在另一个世界、另一个维度中,而我也想要活在她的那个世界里——也许我的确活在那个世界里,只是我自己不知道罢了。我问自己，有没有可能说，我其实是个左撇子，只不过从出生起就被强迫使用右手，以至于我早已忘了自己的真实身份。如果我不属于我所处的这个世界（这一点显而易见），那么我必定属于另一个世界，而那个世界很有可能就是左撇子的世界。

"对你来说，使用左手做什么事最困难？"她突然问道。

"扣上衬衫的纽扣。"我回答道，尽管我心里想的是裤门襟的纽扣，因此我脸红了。

她表示同意，仿佛我给出了正确答案。这让我信心剧增。我在一生中从未对自己如此满怀过信心。我由我衬衫的纽扣，联想到她衬衫的纽扣，我开始幻想一一扣上它们的情形，于是我一不留神，摔了一跤。

与玛利亚·何塞的相处带给我持续累加且从不消退的兴奋感，无法平复的狂热以及不曾跌落的欣喜。我习惯了每天下午遇见她，她总是比我晚半个小时放学。从第三天下午起，我就意识到自己把事情搞砸了，因为尽管她由着我向她示好（这不过是她没有公开拒绝我的另一种说法），却没有对增进我们的关系做出过任何努力。第六感告诉我必须减少遇见她的次数，掩饰我的热忱，并在与她相处的时候表现得稍微冷漠一些。但另一个比第六感更强大的带有毁灭性的本能推动着我在这条错误的路上越走越远。在我的精心呵护下,我们的故事只维持了两个星期(事实上,我们将会看到,我和玛利亚·何塞的故事将会——以一种糟糕的方式——持续整整一生)。

某天,在我们一起回家的路上,我试着去触碰她的右手。我决定从她的右手下手,是因为在我看来,作为左撇子,她的右手会更迟钝,更边缘化,也更无关紧要。理所当然地,她拒绝了,并明确告诉我这个行为将是不可饶恕的罪过。她继续说道(这让我感到困惑),在最近几次灵修中,神父教会了她把每一刻都当作生命的最后一刻来活。如果你习惯了把每一刻都当作生命的最后一刻来活,你将会改变你的偏好(换作现在,我们会说优先次序)。

"假如我让你碰我,"她继续说,"而我在下一分钟死去,那么我将永远待在地狱里。"

我疑惑不解地回到家,试图想象如果我将在下一分钟死去,我在这一刻会做些什么。当然,我最不想做的事是手淫;假如我不会在下一分钟死去,手淫将会是第一个出现在我脑袋里的念头。优先次序的确会发生改变。次序不仅仅会改变,还会颠倒。当我迈进家门时,听见妈妈正在大声呵斥某个弟弟。我想,假如她知道自己即将在下一分钟死去，她会以拥抱来取代呵斥。我数到六十，但并没有人死去。在接下来的几天，我假装左撇子，并设想自己即将在下一分钟死去，最终搞得自己的身体和心理都疲惫不堪。

某一天，我又遇见了玛利亚·何塞，她问我为什么要跟着她。我十分肯定地告诉她，如果我即将在下一分钟死去，那么跟着她就是我在这一分钟想要做的事。我们一起沉默地走了一段路，然后她突然转过头来，残忍地对我说：

"对我而言你太无趣。"

我继续走在她的身边，像一只无头的小鸡一样乱飞，也像死了一样。说那句话撕碎了我的心，一点儿也不夸张。即便一把生锈的刀也不会比那句话更具毁灭性。我继续往前走，依着惯性陪她走到她家门口，随后我径直回到家，心里明白如今我再也不需要设想自己将在下一分钟死去的事了，因为我已经死了。我像个死人一样进了家门，为了不让家人发现这个悲剧，像死人般地钻进厕所。我看着镜子里的自己，俨然是一张死尸的面孔。我的鼻子尖挺，脸色苍白如蜡。我之所以知道鼻子尖挺是死尸的一个特征，是因为有一次我听见妈妈在谈论报纸上的一张庇护十二世[①]

[①] Pio XII（1876—1958），天主教会第260任教宗。

的遗照时提到过这一点。她说"尖挺的鼻子"和"蔚蓝的面孔"。此刻站在镜子前的我就是这副模样：鼻子尖挺，面孔蔚蓝。并不是说生命失去了意义，而是已经没了生命。

死亡对我而言是一种慰藉。在经历了那个不仅仅是拒绝、更是耻辱的事件之后，我如何能够继续活下去？对我而言你太无趣。我上千次地默默重复那句话，回想当时的场景，看看能否找到一个出口。我发现，在"对我而言"和"你太无趣"之间，似乎有一个小小的停顿，一个休止符，留出一条逃亡的小径。也许她是这样说的："对我而言，你太无趣。"在"言"和"你"之间的逗号意味着，对于其他人，甚至对于整个世界而言，我兴许是有趣的。那是我第一次发现标点符号的实际用途，第一次领会到语法的作用。也许添加那一个逗号是一个里程碑式的行为，也许我就是在那一刻成为了作家。或许，文学即诞生于死亡。

那么，我可以走出厕所，回到家庭生活中，并告诉他们我已经（为爱情而）死去了吗？显然不可以，于是我不得不假装自己依然活着——看我能坚持多久。既然我已经成功隐瞒了好几个月我的间谍工作，为什么现在不可以继续隐瞒我的死亡呢？无论出于什么样的缘由，我从来就不属于这个世界，只不过如今是因为他们活着，而我已经死去。

我洗了把脸,打开门,融入家人之中,假装自己是他们中的一员。很多年后,我根据这件事写成了小说《笨蛋、死人、私生子和隐形人》①中的一个情节。小说里的一个小男孩在学校的操场死去,然而,为了不让父母担心,他假装继续活着。我同样也假装继续活着。直到今天。

当我与玛利亚·何塞的关系破裂后,我对国际刑警组织的报告也失去了兴趣。于是我越写越少,到后来完全终止了这项工作,而马特奥也并未对此表现出半点惊讶。我觉得他跟他女儿一样,也是在由着我接近他、向他示好。但是没过多久,我发现整件事不过是杂货店老板为了纪念他儿子而与我展开的一场游戏罢了。当我意识到他很有可能早已在家里把这一切告诉了玛利亚·何塞时,我第二次死去(这一次是死于羞愧)。理所当然地,我再也不为妈妈跑腿去马特奥那里买东西了。她对我的态度表示理解,就像我之前说过的,她什么都知道。

尽管如此,随着时间的推移,我和玛利亚·何塞的关系竟以一种奇怪的方式延续下去,我们的相遇穿越(还是说

---

① 西班牙语为 *Tonto, muerto, bastardo e invisible*。

应该用"串起"?)了人生的不同阶段。在我们居住的街区,她继续像幽灵一般地存在,而我则开始故意避开她父亲的杂货店,因此我们碰见的次数屈指可数。1968年,我们再次相遇:在从蒙克洛亚开往哲学与文学系的公交车上,我心不在焉地读着萨特的《恶心》①(不然还能是哪本书?!),突然一个急刹,我压倒在她的背上。她带着恼怒的表情转过头来,却发现竟然是我。

"你好!"我说。

"你好!"她脸上的恼怒变成了惊讶,"你去哪儿?"

"哲学系。"

"从什么时候开始的?"

"今年刚开始,第一年。"

"哦,"她说,"我第五年了。"

那即是全部的对话。因为就在那一刻,有个(对她而言)更有趣的人跟她打招呼。

那个时候,我上午在邮政储蓄银行工作,晚上在大学上课,但我通常下午很早就到学院去,这样能碰见白天班的同学,假装自己也是一名真正的大学生,一个受父母宠爱

---

① 法国存在主义哲学家与作家萨特在1938年出版的作品。

的孩子。事实上，我跟白天班同学（我的阶级敌人）的关系好过跟夜班同学（跟我一样的工薪阶层）的关系，交结的朋友也更多。那段时期，我在校园里看见过玛利亚·何塞许多次，但大多时候都是从远处。她是学生领袖，在学校的政治团体中声望很高。我下班后常常去学校的图书馆或西班牙学生会的食堂，有时候会在那里碰见她，但她总是把目光转向另一边。在实在没办法回避的情况下，她不得不跟我说上四五句话，但其中总有一两句会伤害到我。

读大学期间最后一次见到她是在经济系举办的雷蒙①独唱音乐会上。她跟其他一些学生领袖一起，坐在第一排。我坐在靠近出口的位置，因为那时我已患有轻微的幽闭恐惧症，况且当天的演出厅人满为患。我很快就发现了她，她在音乐会开始前与雷蒙及其同伴聊天，看起来她像是演出的组织者之一。我的目光一刻也没有离开她。她穿着一条红绿格子的苏格兰裙，在大腿处别着一枚金色的大别针，上身穿着一件白色的V领衬衫——衬衫令人惊讶地与她从前穿的校服非常相似。她记得每一首歌的歌词，在台下跟着音乐张合嘴唇。她依然很瘦，但身体的线条在胯部猛地

---

① Raimon（1940— ），出生于巴伦西亚的著名歌手，巴塞罗那新歌运动的主要代表人物之一。

扩展开来。而她的面孔，却依然带着儿时的困惑表情。她依旧给人一种体内住着另一个人的感觉，而她和那个寄居者也许仍旧没有达成和解。

音乐会结束后，我们从康普顿斯大道朝蒙克洛亚走去，进行游行示威。我们还没走出五百米，就被一队骑马的警察拦住了。最勇敢的一部分示威者靠近马匹，在马蹄铁之间扔钢球。跟预计的一样，没有一匹马倒下，但一些示威者冒险地围在马蹄附近。粗暴的警察冲进游行的队伍，示威者被冲开，向着不同的方向盲目地逃散开去。

我朝右边跑去，躲在山坡上的灌木丛后面，从那里能够望见马路中央的情形。一想到可能被逮捕，我就吓得快要瘫掉了，因为逮捕意味着会立即被邮政储蓄银行开除，意味着失去唯一的经济来源。我躲在灌木丛中偷偷喘气，听见远处传来的叫喊声和警笛声，看见源源抵达的警车。我试着抚平心中的恐慌，从一个灌木丛跑向另一个灌木丛，一直跑到医学系附近的山坡。我在那里停下来调整呼吸，看见玛利亚·何塞在马路中央被一名警察拖住，在警察的推打中跟其他被捕者一起被塞进了警车。我呆在那里，过了几秒，她的脸出现在车窗的另一侧。她的脸上没有害怕，而是一副深思熟虑的模样，仿佛在对眼前的形势作出判断。

就在这时，走来四五个示威者，我跟他们交换了各自了解的信息。他们告诉我，绝对不要去蒙克洛亚，因为那里已经变成了"捕鼠器"。于是，我跟他们一起往拉科鲁尼亚方向的公路走去，我在那里与他们分开，独自一个人，荒谬地朝"铁门"的方向跑去。我跑啊跑，直到再也听不见警笛声，然后毫无头绪地继续沿着公路的边沿步行，一直走到马场，在那里找了块石头坐下来，心里明白在那一刻自己是全宇宙最孤独的人。每隔一小会儿，玛利亚·何塞被警察拽住头发拖进警车的画面就会出现在我的脑海中。也许那一刻我本可以做些什么？

后来，我从维多利亚女王大道返回马德里，途中经过大学的宿舍区，那里十分安静。当我回到我住的街区，看见马特奥家杂货店地下室的那扇小窗户——那个我从前观看街道的地方——亮着灯。我在路边弯下腰，偷偷往里面看，看见玛利亚·何塞的父亲表情惊恐地被三四个警察团团围住。警察把地下室翻得乱七八糟，细致地搜查每一个角落。第二天，我们得知玛利亚·何塞是共产党员，她把大量反动宣传的资料藏在那个地下室里，用他父亲的货物作为掩饰。马特奥在家外面查找共产党，而共产党却住在他自己家里。真是讽刺。

大概又过了十二三年,我才再一次遇见了(或者说,没有遇见)玛利亚·何塞。约莫是1979或1980年。那时我已经出版了《三头狗的阴影》和《溺水者的视野》两部小说。由于后者广受好评,我时不时地被一些文化机构邀请去做演讲。做演讲丝毫不影响我在伊比利亚航空公司的工作,我在那里一直干到1993年。这一次,邀请来自纽约哥伦比亚大学,在那里任教的著名西班牙语言文化学者冈萨洛·索贝哈诺教授就我的那两部小说做了深入透彻的研究。

那是我第一次受到一所大学的邀请,也是第一次前往纽约,于是我带着兴奋与一丝情有可原的恐慌,抵达了那座摩天大楼之城。当我坐在主席台上,等待即将开始的谈话(我把它称之为谈话是为了让自己放松,而组织者为了让我紧张,称之为会议),我看见眼前由西班牙语教授和学生组成的观众正饶有兴致地观察着我。一位留着列宁式胡须的教授在台上介绍我,他把《守护的影子》的故事情节从头到尾讲了一遍。几分钟后,当他开始细述《窒息的景象》时,我在观众里发现了玛利亚·何塞。她坐在会议厅中部靠近过道的位置。自然而然地,我一看见她就死去了,但为了不当众出丑,我假装继续活着(我对这两件事都早已有了经验：她把我杀死，以及我掩饰自己的死亡）。

我曾经无数次地幻想过玛利亚·何塞会在某一天出现在我的公开演讲，以至于我曾在好几天甚至好几周的时间里（有时也包括夜晚）对这个幻想进行加工和润色。长大后的我依旧像小时候一样，热衷于编故事，如今我编的故事跟小时候的故事同样异想天开。此刻，我眼看就要在纽约（一个梦）的一所大学开始演讲，而我却在观众里发现了玛利亚·何塞（一个幻觉）。我再次看向那个坐在会议厅中部靠过道的女人，发现她的确长得很像玛利亚·何塞，但并不是她。更准确地说，有些时候看起来是她，有时候又不是。我对自己说，现在我将再看她一眼，而这一次将不是她。但的确是她。下一秒又将不是她了。也许并不是她，但这个状态只会持续几秒钟。我想，如果真的是她，她将会像我盯着她的眼睛那般盯着我的双眼。然而，那个女人却在非常专注地聆听主持人的讲话，而我，当然早已没在听他的介绍了。最后，为了缓和形势，我决定把它当作一个时断时续的幻觉来对待。

虽然在会前我已经荒谬地答应组织者我会谈论那两部小说与佛朗哥主义末日之间的关系（非常切合那个年代的主题），但当我开口，却情不自禁地讲起了我曾经在那个关于玛利亚·何塞出席我的公开演讲的幻想中练习过上千遍的开场白。我谈到了不真实在构建真实中的重要性，并用一个故事来举例说明：在我小时候居住的街区，有一间五金店，店主的儿子是我的好朋友，跟我上同一所小学。某天，他在让我发誓绝不会告诉任何人之后，向我坦白了一个秘密：他父亲的真实身份是国际刑警组织的特工。五金店不过是用来掩饰他的特工活动的幌子。在那个政治暴力的年代，在那样一个马德里的郊区，竟住着一名国际刑警组织的特工，他能将我们从麻疹、鼠疫、虱子、梅毒、饥饿、小儿麻痹症等等一切中解救出来。我自然而然地从那时候起便对我好朋友的父亲充满了无限的尊敬与崇拜。

"过了好些年，"我继续对着那名像极了玛利亚·何塞的女人讲述我的故事，她跟早些时候听主持人的介绍时一样，带着一副漠然的表情，"我们都长大了，而我却一直没有机会当面拆穿朋友儿时的谎言。"

"但是不久前，"我继续说道，"我们又碰面了，于是我请他吃饭，叙叙旧。事实上我是想要问他，两个父亲（想象的和真实存在的）中哪一个对他的成长更为重要。他告诉我，毫无疑问是虚构的那个，那名国际刑警组织的特工。虚构的父亲给予了他最好的教诲，最好的指导，是一个真正的榜样和典范。与此同时,他关于那个真实的父亲——那个五金店老板——的回忆则屈指可数,而且几乎都是糟糕的回忆。"

我对着那个女人讲完了那则故事,仿佛会议厅里除她之外再没有别人。然而,她在聆听的过程中依旧面无表情。这让我确定了她并不是玛利亚·何塞。

演讲结束后,一些人过来跟我打招呼,或索要签名。在排队的人群中,我看见那个幻觉在过道一点点前进。每当她向我靠近一步,她就变得更像玛利亚·何塞一些,以至于当她站在我面前的时候,她完完全全就是她了。我们亲吻了彼此的脸颊,我让她稍等一会儿,待我与其他人打完招呼。她告诉我不必着急,因为她随后也会参加大学为我举办的欢迎晚宴。

原来她在哥伦比亚大学教书,同时也在做一项关于二十世纪五十年代西班牙小说的课题研究。她说,从我第一本书的出版,她就一直在关注我,并惊讶于那个童年时期跟她住在同一条街的小男孩竟然变成了一名小说家。

"这其中也有你的功劳啊。"我说。

"为什么?"

"如果待会儿你陪我走回饭店,我就告诉你。"

"那一言为定。"

有了那样的期待,晚宴和饭后的闲聊就变得无比煎熬。但就像生命中的所有事物都会结束一样,晚宴也终于结束了。我走在玛利亚·何塞的身边,跟小时候一样笨拙,唯一不同的是,小时候的我们走在马德里的郊区,而如今我们则走在纽约的中心。我们俩都成功逃离了那地狱般的生活,那个邋遢的街区,那条湿冷的街道。

晚宴设在纽约现代美术馆附近的一家餐厅,而我的饭店则在邻近中央车站(我在前面提到过那个著名的车站)的42街。那是一个春风沉醉的夜晚,于是我们决定沿着第五大道步行。我们的谈话如同我们的身体一般,都有些不太自在,直到我说起发现她是左撇子那件事所带给我的震撼。我告诉她,在那个发现之后的很长一段时间里,我都想要成为一个左撇子,甚至直到今天也没有完全放弃那个愿景。同时我也告诉了她我想要写一部左撇子小说的梦想。

"什么是左撇子小说?"她问道。

"我也不知道,"我说,"一部由左侧写成的小说,如果从右侧阅读将会感到非常困难,就像用左手使剪刀一样困难。"

她礼貌性地笑了笑,却明确地告诉我我距离那个目标还很遥远。她读过我的小说，暗示我的小说并没有达到她那样的读者的高度。她并不粗鲁，却说得清晰明白。就我的理解，她觉得那两部小说的写作动机不错，但小资产阶级情调泛滥，缺乏正儿八经的诉求，乏善可陈。我发现她也不止一次地幻想过在这样的场合与我相遇，并早已为之准备好了一场毁灭性的演说。同时，我也意识到，跟她过去相信上帝和阶级斗争一样，她如今深信那些文学评论。第二天我就要返回马德里了，也许我们在之后的十二三年都不会再见面，因此她原本可以就我的小说讲几句好听的话，大家开开心心地说再见。然而，她仿佛依旧被一股十分凶猛的想要伤害我的力量支配。我发现，在我写作出版了那两部"小资产阶级情调泛滥，缺乏正儿八经的诉求……"的小说之后，一个虚构的排名（一切都是虚构的）已经不可避免地被颠覆了；在我的小说入侵书店之前，玛利亚·何塞一直占据着该排名的前列。我问她是否写作，她含糊地回答说是，不过她是写给一位还未出现的读者的，所以也就没想过能够遇上什么编辑。在她的故事发出光亮、等待那个出众的读者到来的同时，她决定将自己投身于文学评论之中。

  那一切让我感到遗憾不已。命运赋予了我们一个愈合伤口的机会,而我们却将伤口越撕越裂。为了缓减她的怨恨,也缓减我的遗憾,我不再说话。于是,她问我为什么说能够成为小说家也有她的一部分功劳。我提起了那句话("对我而言你太无趣"),以及我为了避免自杀而在"言"和"你"之间放置的那个逗号。

"我一直都想问你,"我补充道,"那个逗号究竟是我放的,还是你放的。今天终于能够当面问你了。"

"假如是我放的,"她说,"那你就无法成为作家了。你之所以成为了作家,是因为是你放了那个逗号,因为你能够在叙述事实的同时通过添加其他元素来修改事实。"

她看起来不再那么咄咄逼人了,我也就不再沉默,试着将谈话转向轻松且中立的话题。我问起了她父母的近况,她说还是老样子,过得还行。

"他们一直都希望,"她补充道,"我能够学经济,从而帮助他们增长。我父亲把赚钱称之为增长。"

"那你呢?"

"我什么?"

"你把什么称之为增长?"

她停下脚步,像看一个火星人一般盯着我。

"你难道真的不知道我把什么叫作增长吗?"

"也许知道，可是我想听你亲口说出来。"

于是她毫无保留地谈起了她称之为增长的东西，其中包含了一些左派的野心。她使用的表达方式与多年后出现的励志书籍非常相似。就那一点儿而言，至少（她比那些励志书籍的热卖提早了好几年）她是走在了时代的前面。

在谈话的同时，我们走到了饭店门口，停下脚步，面面相觑。她还像从前一样梳着马尾，兴许连扎马尾的皮筋都是同一根。她身着牛仔裤，一件牛仔夹克套在红色的T恤外面。她那又粗又黑的眉毛看起来仿佛藏着另一个人，那个人通过她的眼睛看着我。她的体内仍旧住着另一个人，但她好像未曾意识到对方的存在。我依然幻想着我们之间（我是说，我和占领着她的那个人之间）可能会发生什么，于是我邀请她去饭店的酒吧喝一杯。已经接近凌晨两点，跟我预计的一样，酒吧已经打烊，于是我建议去我房间。她迟疑了几秒，但最终还是跟着我进了电梯。

我住的是双人间，她坐在一张床的边沿，我从冰箱里拿出酒，倒了两杯，然后在另一张床边坐下。当时的情形如同我们之间所有的情形一样凶猛暴力，但我却发现那是有史以来她第一次处于劣势。她从包里的一个金属小盒子取出一支大麻，平静地点燃，吸了两口，然后递给我。我与大麻的关系有些微妙。它在我身上的效果有些夸张,而且并非总是向着同样的方向发生作用。当我感觉好的时候,大麻会让我飞起来。在感觉糟糕的时候,它会让我长时间感到惶恐(我在小说《这就是孤独》中对我与大麻的关系进行过一番详述)。我先是谨慎地吸了一口,接着又狠狠来了一口,为了不让大麻与酒精混起来,我一口威士忌也没喝。那两口烟的感觉很好,十分美妙,让我一整天(更准确地说,是一辈子)的紧张都消失殆尽。我把身子向后倾,手肘撑着床垫上,微笑地看着玛利亚·何塞。

"你在笑什么?"她说。

"我没笑。这是我在事情的发展如我所愿时的表情。事情按照我的预估,进行得很顺利。我好几个小时都在幻想这个情形:你和我,在我的房间,独处。"

"你幻想了好几个小时了?"

"事实上,"我回答说,"我幻想了一辈子了。"

"那下一步是什么,接下来的发展?"

借着大麻带来的勇气,我坐了起来,像在梦里一般,把我的脸靠近她的脸,找寻着她的嘴唇。但我在距离她嘴唇几厘米的地方停了下来,继续盯着她,就在那一刻,我意识到那个从她眼里盯着我看的人是"维他命",他住在她的体内。

"怎么了?"她问道。

"我想起了你弟弟,"我一边说,一边退回到之前的位置,"我是他非常亲密的朋友。我有时候会问自己,"尽管那个念头刚刚在我脑海里涌现,我却像谈论某个思考了很久的念头一般谈起它,"我是不是在你身上寻找他的踪影。"

"那你应该去别的地方找,"她冷冷说道,再次把烟递给我,"因为我和他几乎没什么感情。你肯定比我更了解他。"

兴许是吸了大麻的缘故,但我确信在她眼睛的另一侧看见了我儿时的伙伴。他从她的眼睛里张望,仿佛在阳台上探头似的,冲我挤眼睛,想跟我串通一气,也许又在邀请我去观看"街道",只不过这一次是从他姐姐的脑袋里观看,那里同样设有地下室。我又吸了一口烟,接着,像小时候下到地下室那样,小心翼翼地试图进入她的脑袋。玛利亚·何塞的脑袋比她爸爸的地窖更加黑暗,但我想象自己举着一支蜡烛,逐渐照亮那些组成她的思想、她的矛盾、她的恐惧以及她对励志的马克思主义的信仰的走廊。就这样,我一步步来到了她的眼睛,站在"维他命"的身边,想要看看另一侧究竟有些什么。另一侧是我,斜倚在对面床上的我，正漫不经心摆弄着我的故事。通过玛利亚·何塞的眼睛，眼前的自己是一名年轻的小说家，他位于曼哈顿纽约42街的一家饭店里——像人们常说的那样，位于世界的中心。他也许是个错误的小说家，是那种只在次要问题上有着正确的见解却逃避本质的小说家。他的动机不错，理所当然地是个左派分子，但不太积极，是个不错的旅伴，一个有用的傻瓜，能够为革命前的准备工作出谋划策，但最好在成功夺权的第二天就把他枪毙掉。他是那种（有什么理由不是呢？）可以与之做爱的人，甚至也可以靠他的小说来打发时间，而与此同时，客观条件不断发展，系统内部的矛盾也会加速历史的进程。

但那个人突然就失去了做爱的兴致。那个有用的傻瓜只想继续通过玛利亚·何塞的眼睛观看，时不时用肘部轻轻撞一下"维他命"，享受同谋的乐趣。我的朋友啊，你看我走到了哪一步，差点就走进国际刑警组织的大本营了，它应该就在这几条街的某个地方。看看身处宇宙中心的我，我的双手，我的嘴唇，甚至我的鸡巴，都在那个从未正眼瞧过我的女孩身边不远的位置。我突然意识到，一个人爱上的是爱人体内的秘密居民，而爱人却不知道自己其实只是一个载体。那么，究竟是谁住在我的体内，唤起了玛利亚·何塞的欲望?

"是谁住在我的体内,"我大声问道,"唤起了你的欲望?"

"你说什么?"

"我换一种方式来问你:自从我们相识,究竟是谁住在我的体内,才引得你这般的厌恶?你在我身上看见的人到底是谁,让你如此憎恶我?"

玛利亚·何塞并没有急着回答。她把烟抽到只剩过滤嘴,把烟吸进体内,在肺部保持一会儿,再长长地呼气,把烟头掐灭在床头柜的玻璃上(烟灰缸太远了)。接着,她直直盯着我,说道:

"我弟弟住在你的体内,他至今依然住在那里。所以我才会憎恶你,但同时我也爱你。如果我对你没有憎恶,这些年来我不会一次次地拒绝你。但如果我对你没有爱,我也就不会在凌晨三点依然待在你的房间,不会去大学看你,不会读你的小说,不会从你第一次公开露面起就一直追随你的消息,不会收集那些在文学补充材料或者专业杂志读到的哪怕是再简短的关于你的剪报,更不会促成大学邀请你参加这次会议——顺便提一句,你在会议的演讲真是糟糕透顶!"

"但观众非常喜欢。"我微笑着说。

"你为此惊讶吗?! 西语文学从来就是廉价的感伤主义贪婪的消费者，而你的作品从来就很廉价；我不否认它们很有效，但非常廉价，依稀带有一丝禅意，正因如此，人们才如此喜爱你的作品。"

我问她是否一点儿也没被那个五金店老板的故事打动，她坦白说她其实没有听懂那个故事。

"那个五金店的老板，"我说，"实际上是一个杂货店老板，名叫马特奥，也就是你的父亲。"

"我父亲和国际刑警组织有什么关系？"

于是我告诉她，她弟弟"维他命"某天偷偷告诉我他父亲是国际刑警组织的特工。我提起了那些他写给他父亲的报告，报告中记录了街区邻里的一举一动。我向她讲述了在"维他命"死后，我如何向马特奥自荐接替他的情报工作。我叙述了每周如何秘密递交例行的报告给他，以及他每次给我一毛钱作为酬劳。我向她描述了那美妙的工作如何在她拒绝我之后不久便化为泡影。在我向她讲述那些痛苦的童年往事的同时，我从她的眼睛里看见了我自己，我发誓，正在讲述那些往事的是一个充满魅力的三十来岁的男人，至少在那一天，在那天凌晨的那个钟点，他在不自知的情况下完成了一次对自己前半生的回顾,一次对所有存在的盘点。商店每年都会有一天在门口挂上"关门盘点"的牌子,那四个字从来都让我感到惊愕不已。而我,在那个历史性的夜晚,同样进行了一次关门盘点。

通过向她讲述这一切,通过向她描述我曾经的幻想——她父亲为了逃避丧子之痛把儿子生前的幻想赋予了我——我也就向她坦白了自己童年时期的大秘密。我告诉她,从她父亲储存货物的地下室(那个多年后她用来藏匿《工人世界》①的地下室)能够看到超现实的街景,而我之所以知道,是因为"维他命"亲自带我去看过。我在第二本小说《窒息的景象》中把主人公之一取名为"维他命",就是为了向她弟弟致意,然而我却从来都不知道他的真名叫什么。我还告诉她,她弟弟制作过一些能够看见上帝之眼的装置,"上帝之眼",我都把它给忘了,"上帝之眼"。通过它能够多么清晰地看见位于另一端的眼睛啊!我告诉她,在她弟弟去世的那个夏天,我们俩(我和她弟弟)曾一起去过马德里的"死亡街区",人们死后会前往那里,像活人一样地生活。如果没人告诉你,你绝不会发觉他们是死人。我告

---

① 西班牙共产党出版的刊物。

诉她,她那时候的那句"(对我而言)你太无趣"要了我的命,但为了不让父母担心,我隐瞒了我的死亡。我向她坦言道,关于那个主题,我做了一些笔记,打算写一篇小说,故事的主人公在很小的时候就在学校的操场死去了,但出于周全的考量,为了不让任何人知道,为了不把事情搞砸,他佯装继续活着。我跟她说,佯装继续活着其实并不难。也许在一开始的时候难免会出点小差错,但生活实际上是非常机械化的,不需要任何特殊天赋就能让生活继续下去。我继续构思那个故事,并在几年后,应该是1994年,写成了那部小说。小说中的主人公佯装继续活着,并长大成人。由于他的死亡是发生在遥远的童年时期,成年后的他已然忘了自己的死亡,他像活人一样地活着,直到某一天,某件未知的事情的发生勾起了他的回忆,并让他陷入巨大的危机——就像我在那些年即将陷入的危机一样。也许我嗅到了它的濒临。我向她解释道,我们被死人包围着,我们周围死人的数目与活人不相上下。那些懈怠的人,毫无意志力,他们都已经死了,却出于懒惰而什么也没说。比如在今天的晚宴中,除我之外,还有两个已经死去的人,某某和某某某。你没注意到吗?

大麻缓缓地燃烧,我向她娓娓道来那不堪回首的童年。

每讲完一小段,我都稍稍停顿一下,为了不留下任何再可被掠夺、被记起、被刺痛的回忆。我告诉她,我人生唯一的目标即是逃离那个街区(然而,后来我又回到那里),那条街道,那个家庭。毫无疑问,那是一个与马克思主义背道而驰的计划,一个主张分离的计划,一个与历史的辩证法不相吻合的计划,但我后来终归还是实现了其中的一部分,因为我在那段时间写成的小说(那部小说之后在1983年以《虚空的花园》为题出版)讲述的就是那个街区的故事。那并不是一部传统意义上的小说,而更是一种消化,一个代谢的过程,一种吸收与领悟。

我完全沉浸在自己的讲述中,丝毫没有意识到玛利亚·何塞在流泪。我不知道她是从什么时候开始哭泣的,因为她的哭泣悄无声息,身子一动不动。她犹如微妙的天气变化一般自然地哭泣,仿佛肉眼看不见的毛毛雨;尽管毛毛雨只会淋湿毫无防备的人,但它也能像真正的雨那样把人淋湿。玛利亚·何塞就这样哭泣着,我想是因为她对我所讲述的一切都一无所知的缘故吧。很明显,她之前并不知道父亲是国际刑警组织的特工,而她家的杂货店不过是一个幌子。同样,她也不知道弟弟曾协助父亲的工作,侦查街区里的共产党员。我跟她解释"维他命"(后来是我)

写的报告是什么样的：简明概括，不带任何评论。比如说：炭商的儿子在晚上十点半的时候站在马路的中央，拿出一张手帕，将血吐在手帕上，然后继续往前走。即使你认为他兴许是得了肺结核，也不应该冒然将它写出来。你要做的只是客观地叙述事实。那些报告带有行为主义的色彩，尽管那时候我们还没读过《哈拉玛河》①，甚至还不知道有这么一部小说的存在——或许那时它还没有问世，我得去确认一下那本书的出版时间。我对她说，你父亲苦心在外面寻找共产党员，却在家里养着一名共产党员，这是怎样的一种巧合啊！仿佛你们需要以这种方式来完善彼此似的：若不能追捕共产党员，你父亲将是不完整的；若没人追捕你，你也是不完整的。我想说的是，你的共产主义信仰除了其历史责任外，还对你的个人规划极具意义。生活中的一切几乎都是从个人规划的需求开始的，在它的基础上，我们才会找到其历史使命。我们会首先做了某件事，然后才去证明那个行为的意义。你早起是因为身体的需求，然而随着时间的流逝，你会找到某个关于早起的理论，于是你把它套用在你做的事情上，也就是说，你开始相信自

---

① 西班牙作家费洛西奥写于 1956 年的小说。

己早起是为了遵循某个程序，某种宗教，某项原则。我的情况并非如此，我早起是因为我只能够在早饭前进行写作，我相信斋戒的力量，一年中我最钟爱的日子是四旬斋……

为了能够更尽情地哭泣，玛利亚·何塞斜躺在床上，不一会儿，她就睡着了。我不知道她是什么时候睡着的，就像之前我不知道她是什么时候开始哭泣的一样。于是就在我刚想要说我当了小说家而她成了文学评论家，这又是怎样一种巧合的时候，我停止了讲话。并且筋疲力尽。我们俩看起来就像是组成一个整体的两个部分。我想要知道的是，她究竟是在知道我当了小说家之后还是之前选择做文学评论家的，那样就能推断出我们俩究竟是谁先开始追随谁的。

然而她已经睡着，不值得为了这样一个问题而把她叫醒。相反，我却非常兴奋，从床上坐起来，想在她的包里再找一支大麻。我在她的包里寻找刚才她取出第一支烟的金属盒子，如同从前在父亲的作坊里寻找乙醚，又如同从前常常嗅闻父亲 Vespa 摩托车的汽油味。我找到了那个金属盒子，把它打开，里面有三四支大麻。真是个有备无患的女孩子，尽管她或许并不太像马克思主义者，我不知道马克思对于毒品，对于这些软性毒品，是什么样看法？真是阳奉阴违！大麻肯定算得上小资产阶级的毒品，属于中产阶级的毒品，我想要却买不起的毒品，缺乏正儿八经的诉求并乏善可陈的毒品，糟糕透顶的毒品。我点燃一支大麻，坐在房间一角的扶手椅上，缓缓地一个人吸着烟，专注于大麻产生的效果，希望这个夜晚不会太糟糕。然而夜晚已经结束了，窗外呈现出一股混浊的清晰（"混浊的清晰"，这是什么样的词组啊！）。我站了起来，想要更近距离地观看那清晰，想要证实那清晰是否的确是混浊的，还是只是毫无根基的陈词滥调。然而，我看见的并非黎明破晓时分混浊的清晰，而是酒店对面的玻璃写字楼的混浊的清晰。办公室的灯亮了起来，一群来自波多黎各、墨西哥、多米尼加共和国以及其他国家的清洁工人正在用拖把拖地，用抹布擦桌子。现实仿佛被横切了一刀，我通过这个剖面图观察着人类的生活，犹如通过蚂蚁窝的剖面图观看蚂蚁的生活。在三楼，一名白人主管正在性骚扰一位黑人清洁女工。世界。

玛利亚·何塞在早上九点的时候醒了过来。

"你在做什么？"她见我坐在扶手椅上，双脚放在床沿，两眼望向远方，于是问道。

"我构思了一部小说，"我说，"我会在几年后把它写出来，现在还没准备好，题目我都想好了，就叫《笨蛋、死人、私生子和隐形人》。"

"现在几点了？"

"九点。"

她冲进厕所，稍微梳洗了一下，很快就出来了。我问她要不要吃早餐，我可以请她去我所住的位于纽约42街的饭店的餐厅吃，费用都将由哥伦比亚大学支付。但她说不用了，因为她赶时间，她说如果我愿意的话可以陪她走去车站（中央车站），反正离我饭店不过四条街的距离。她看起来很朴素，生硬，粗暴，不讨人喜欢，并难以相处，也许她因为在我面前哭泣、睡着，或是因为聆听了我的倾诉而懊恼，又或许她是因为在哥伦比亚大学工作而懊恼。

我们在车站门口告别，互相亲吻了对方的脸颊。我慢慢走回饭店，街上的行人渐渐多了起来，商店的橱窗也苏醒过来。就在那个时候，我意识到某件事正在发生。一开始我无法分辨那究竟是什么，它像一阵低语，一声喃喃，一群蜜蜂的嗡嗡声……我停下脚步，开启所有的感官，看着周围，于是我意识到自己正在观看"街道"，或者说，世界，我置身于那个世界里。毫无疑问，我仍然在纽约，但我却来到了我的街道，来到了马德里的普罗斯佩里达街区的卡尼亚斯街，从"维他命"父亲的地下室观看现实——那即是正在发生的事。我的街道是所有的街道。我回到饭店，在咖啡厅写作，一写就是三四个小时，与此同时，行人在街上往来。中午的时候我又返回车站，站在大厅高处突出来的地方，观看世界。我想起曾有人推荐过一家位于车站地下层的"牡蛎吧"，在那儿能吃到纽约最棒的牡蛎。于是我往下走，随即被眼前的情景惊呆：在那个原子弹避难空间，一群人围坐在长桌边，以一种病态的热情吃着牡蛎，喝着啤酒。那场景让我想起记忆中的某天，我剥下一棵死树的树皮，却惊讶地看见一群甲虫正热火朝天地进行着存在主义的活动。尽管"牡蛎吧"里坐满了夹着真皮公文包、系着领带的人，但那里却有着深刻的生物学意义。那里再一次成为世界，或者说，"街道"。

那之后三四年我都没有玛利亚·何塞的消息，一直到她父亲过世。她在清理父亲的遗物时找到了"维他命"的笔记本，于是通过我的出版社将它转交给我，并随笔记本附上了一封信。她在信里解释说，她认为我比她更应该拥有那本笔记本——那是很显然的事实。同时她也提到自己即将结束在美国的生活，将在一所北美大学的马德里分校向外国学生教授西语文学。最后,她请我介绍她进入出版社的圈子,因为与教书相比,她对出版更感兴趣。

我翻了翻"维他命"的笔记本,他的文笔非常不错。他的观察很仔细,不偏不倚,如(电动)手术刀一般精准,又如警方声明一般中立。"药店老板的儿子,"他在一条笔记中写道,"有时候把头发往左边梳,有时候往右梳。另一些时候,往后面梳。"这一条也不错:"当里卡多,也就是古兹的儿子,在傍晚七点半下班回家的时候,一个住在三楼的女人在窗口抖动一张小小的地毯。"还有这条:"每当水管工在侧座载着一个马桶盖骑摩托车经过时,炭商就会把一辆装着细碎柴火的独轮车推到他店门前的人行道上。"

我在这么多年过后,缓缓地读着那些笔记。笔记形成了一张事件与巧合编织的网,我们曾经被困在其中,它的一针一线即是我们的生活。跟"维他命"的笔记本一样,那张网的边缘也已日渐破损,但构成它的线条(我即是其中的一部分)依旧完好无缺。

那时候,我正在负责一套面向青少年的经典侦探和冒险丛书。我们计划在每一本书的末尾编写一则结语,既对该作品出版时的历史和文学背景做一番概述,同时也简要介绍作者的生平以及故事的摘要,从而帮助学生理解作品,引导他们进行评论。这个想法获得了热烈的反响，于是我们需要更多得力人手来撰写结语。在我亲自向玛利亚·何塞阐述了这项工作的要求后，她加入小组开始工作，但结果并不理想：她常常在截稿日期临近时才交稿，而且我得为她的文字添加重音符号和逗号，也许她觉得那些标点符号太过于小资产阶级情调，因为当我要求她在这些细节上更用心一些的时候，她摆出一副不屑一顾的表情。然而她在公共关系方面确实展现出不俗的才能，博得了出版社几位主管的喜爱，终于打入了这一行，而不再继续授课。

那段时间，她觉得还可能用得到我，于是对我还算友好，甚至为我的小说《无言书》①写了一篇评论，称它是一部"非常棒"的作品。后来，随着她在出版社的人际关系日益牢固，她重新把那条无法逾越的鸿沟架在我们俩之间，其标志之一是她就我的另一部小说《浸湿的纸》②写了一篇毁灭性的评论——即便如此，那部小说照样卖得很好。总而言之，她一贯以一种并不写作的作家的高姿态面对我。而她的那个"故事"，尽管她为之做出了诸多努力，也依旧没有照亮那位能够领悟它的读者，于是她不得不无限期地

---

① 西班牙语为 *Letra muerta*。
② 西班牙语为 *Papel mojado*。

推迟它的出版（或许是推迟它的创作）。

事实上，尽管她在编辑工作中接二连三地失误，却享有能够在体制内混到退休的保障。与此同时，在边缘媒体上发表关于马克思主义的评论文章让她在受迫害的知识分子群体中渐渐变得小有名气。她宣扬一种不寻常的共产主义，反对同性恋，推崇速决审判，并因此在那个缺乏竞争的市场里打开了一片小天地。她是我认识的所有人里面从身为左撇子这个事实中获益最少的一个。她没有结婚，也没有孩子。我们俩已不再说话；偶尔在公共场合碰面时，我们都装作不认识对方。对于我在她刚回到马德里时帮助她开启新生活这件事，她从来都未曾原谅过我。她同样也没有原谅我后来借钱给她、供她交房租。在我都已经忘记了那件事的时候，她通过第三者，把钱还给了我。

《布拉格两个女人》出版后不久，在阿根廷某杂志主编的再三邀请下，经纪人要我为该杂志写一篇科幻故事。我告诉他这并不是我擅长的类型，但他说对方需要的正是从未涉足过科幻的作家第一次尝试这个类型。出于礼貌，我最终答应了他，写了一则关于一位登山者走失在暴风雪中的故事。夜幕降临，就在即将被冻死的时候，他看见山的另一面有一扇窗户，透出晕黄的光。尽管那也许只是个幻觉,但他还是努力沿着崎岖的布满冰块的山壁往上爬,来到了那个幻觉跟前。他朝里面张望,玻璃的另一侧看起来像一栋屋子的客厅,木头在壁炉里燃烧着。不远处,一个女人坐在一张皮制的扶手椅里,右手捧着一本书,左手端着一杯葡萄酒。在女人的脚边,躺着一条大狗。壁炉边的高保真音响传出悦耳的小提琴声,乐声穿过窗户,抵达窗外的那个属于登山者的世界。

为了吸引女人的注意,筋疲力尽的登山者用尽全力敲打玻璃,女人惊讶地抬起了头。接着,由于看不清到底发生了什么,她站起身来,走到窗边,打开窗户,诧异地看着那个即将昏厥过去的男人。她出于条件反射地帮助他翻进了房间,并随即关上窗户,否则窗外的风猛烈得足以让房间被大雪覆盖。

女人帮他脱下登山服,然后端给他一碗热汤。登山者告诉她自己原本打算征服某座山峰,却万万没想到会碰上这样一场暴风雪,因为气象局并没有发出任何预警。在仅仅几分钟的时间里,雪就积了半米高,他不得不在夹缝中寻找庇护。太阳落山后,气温急剧下降,他根本没有时间寻找一个可以过夜的地方。而就在那个时候,就在他断定自己快要没命的时候,他看见了这扇在大山里亮着灯光的窗户，于是他用尽残存的力量，终于抵达了这里。

理智告诉男人，这一切只是幻觉，事实上他正像个蟑螂一样躲在夹缝中，等待着严寒慢慢夺去他的生命。然而，那个房间是如此的舒适，那个女人是如此的亲切，那条狗是如此的温驯，那炉火是如此的温暖，于是他决定暂且相信这一切都是真实的。毕竟，他还有什么可失去的吗？但他惊讶于女人并未对眼前的情形表现出任何诧异，除了最开始那一刻的惊讶以外，发生的这一切对女人而言即使不太寻常，也并非没有可能。

时间缓缓地流逝，男人怀疑自己在翻过那扇窗户的同时，也越过了现实的维度。实际上他来到了一个不属于他的时代。屋子仿佛位于一个不存在的空间。他也发现，在他向女人描述冒险经历时，女人对那些地理名字并不太了解。屋子配备了一些先进设备；它们是男人所处的时代渴望获得的高科技，但在这栋屋子里却是活生生的现实。女人留他过夜，带他到客房，客房窗外的景色是加勒比的海滩。直到这时候他才肯定了自己的判断：他来到的是一个比他的时代科技更先进的时代。只需要更换房间就能改变所处的气候和景色。当房间里只剩下他一个人时，他打开窗，听着窗户下面传来的海浪声，闻着海藻的气味，热带特有的潮湿扑面而来。于是他断定这是一栋装置了先进的虚拟技术的屋子，屋里的每一个房间都能根据房客的意愿而呈现出不同的风景。然而，由于之前在暴风雪里过度疲劳，他很快上床，一睡就是八个钟头。

　　第二天早上，当他在洗漱完毕走去吃早餐的时候，他意识到自己的出现让女房东感到不自在，这是他在前一晚不曾感受到的。通过分析其中的原因，他推断女房东只是把他当作一个出现在客厅的虚拟元素来对待。然而，当她发现他具有实实在在的生理需求并且像人类一样产生垃圾时，她才意识到男人的出现是一个错误，是由两个不同维度的交集、由一个来自屋子外部的机械故障造成的。于是她决定打电话通知屋子的建造者。建造者来到屋子，对访客进行检查，并很快得出结论：的确是个故障。他们使用一种液体对他进行消毒，很快，他便消失不见。登山者名叫胡安·何塞，而女房东名叫玛利亚·何塞。但也有可能是反过来的。他们中的一人一直活在错误的维度。

| 第四部分 |

学 院

在经历了那句"(对我而言?)你太无趣",且自行终止了国际刑警组织特工的工作之后,这个世界变得更加不透明了。学校的操场是不透明的;神父和同学是不透明的;教材是不透明的;我的兄弟姐妹、忏悔室和赦免是不透明的;弥撒是不透明的;上帝和恶魔是不透明的,醒着和做梦的时光是不透明的;寒冷是不透明的,父母的争吵是不透明的;每条过道里出现的人影是不透明的,每晚出现在不透明的缺口盘子里的甜菜是不透明的。缩在被单里的我,是不透明的,我为了避免听见大人的争吵而用来遮住耳朵的双手是不透明的。我的性幻想是不透明的,我的性是不透明的。月份和年份是不透明的,它们像毛虫一样,列队依次前行。未来是不透明的。

那时候,我终于有了一双棕色的新靴子。我不知道那双靴子是如何来到我家,又是如何直接被穿在了我的脚上,但那是我第一次穿新的东西，因此，在穿着那双鞋的每一分钟我都能真切感受到它的存在。靴子高及脚踝，包住了我的整个脚，向全身上下传递出一种前所未有的安全感。我的双腿因此感到一种出乎意料的轻盈，仿佛被一阵看不见的风推着前行。在我收集的美国联邦调查局和国际刑警组织的卡片中，有一张上面画着一只鞋子，鞋跟被推向一侧，露出一个能够隐藏一部微缩胶卷和一颗氰化物胶囊的秘密空间。我靴子的鞋跟的厚度与卡片里的鞋跟差不多，但无法推开。我想象着我的鞋跟里有一个小小的马达，能够减轻重力。不然的话，穿靴子获得的轻盈感又该如何解释呢？

那双靴子像装在模子里的面团一样适应了我的身体。在我的幻想中，靴子成了我皮肤的一部分，每天晚上，我不是脱掉靴子，而是将它们从皮肤里连根拔起。由于使用过多，而且靴子的质量可能本身就很差，没过多久，靴子表面就出现了一大片裂缝。为了修复裂缝，我将洗洁精当作保养用的鞋油涂在靴子的表面。然而，我的精心照料并没能减缓裂缝开口的速度，袜子像内脏似的从鞋子的裂口露出来。我对那双美妙的靴子临终前的日子保留着异常痛苦的回忆。

某天，我和同桌因为上课讲话而被赶出课堂。我们走出教室，在门边坐下，背靠着墙壁，把腿伸开，看起来像两个同谋。他告诉我他家里有一个战争时期留下来的手榴弹，他想带给我看，但他父亲不许他将手榴弹带出家门。我说我可以去他家。就在那一刻，他带着批判的眼神看了看我那双即将报废的靴子，对我说：

"问题是，我家很奢华。"

阶级敌人往往是你的同桌。"我家很奢华"听起来像是"（对我而言）你太无趣"的另一个版本。如果能够想象那个年代、那个郊区所谓的"奢华"是什么，那也就不难理解我那双英勇的靴子当时的状况了：那双靴子在经历了治疗的摧残后（包括几十次外科手术和若干次从已经死亡的鞋子上进行的器官移植手术）即将在我的脚上牺牲。从那时起，我开始相信鞋子是所有服饰中生命力最旺盛的。受那件事的启发，我写成了《别窥床下》，讲述的是一双鞋子的婚姻，我对那部小说情有独钟。

我家很奢华。我并不是他们中的一员。我不属于那里。然而我又属于哪里？

那时候，我手头恰好有一本《读者文摘》[①]。那本面向大

[①] 1922年于美国创刊的家庭月刊，在全球60多个国家发行。

众的杂志里常常刊登一些浓缩小说。某天，我出于无聊随便翻了翻杂志，却被其中一则故事吸引住了。故事的主人公在清理过世母亲的房间时，偶然在某个柜子的假底层发现了一个装满剪报的文件夹。他坐在母亲的床边翻看那些剪报，发现它们来自四十年前的报纸，从标题的大小来看，那件事在当时应该是引起了极大的社会反响。简单来说，那是一起发生在大白天、在市中心某条街上的婴儿绑架案。婴儿的保姆将婴儿车放在商店门口，走进店里买面包。几分钟后，当她从商店出来，发现婴儿车不见了。后来，婴儿车在一条巷子里被找到，但不见了婴儿的踪影。

　　文件夹里的剪报是按时间顺序排列的，因此读起来就像一部写成的小说，非常流畅。被绑架的婴儿来自一户有钱人家，婴儿的父母定期通过媒体向绑匪喊话，希望能够感化绑匪，把孩子还给他们。在案发一个月后，警察开始对找到婴儿不抱希望，因为在那段时间内没有任何人向婴儿的家庭索要过钱财。警方认为，这要么是一起不以经济敲诈为目的的绑架案，要么是绑匪被社会的巨大反响吓到，已经杀死了小孩。在孩子父母和舆论的压力下，警察不放过任何一条破案线索，然而每一条线索最终都指向死胡同。随着时间的流逝，这个案子渐渐从头条新闻的位置退了下来，尽管在头几年的时间里，每逢案发周年，媒体都会采访孩子的父母，他们坚信他们的儿子依然活在这个世界的某个角落。

在小说的主人公翻看这些剪报的同时，他逐渐意识到那个被绑架的小孩就是他。而绑匪则是那个一直被他当作母亲的女人，他在不久前还因那个女人的过世而哭泣过。

我清楚记得小说的主人公在发现他生命的秘密时身体所产生的反应，因为在同一时刻，我身上也产生了同样的反应，仿佛我在了解了他的秘密的同时也在危险地靠近我自身的秘密。我忘不了双手在翻页时的颤抖，以及因为激动而造成的皮肤表面和呼吸频率的改变。那本形状像书一样的杂志成了我周围唯一一个透明的物体。更奇怪的是，我被一层奇怪的透明包围，在阅读杂志的同时，我仿佛可以亲眼看见故事的主人公，坐在他过世母亲的床边，翻看一则又一则剪报，与此同时，他的面孔一点点失去血色，嘴唇越来越干燥。我可以看见他在读一篇采访，他的亲生母亲向记者叙述他们是如何度日如年地熬过每一个钟头、每一分钟、每一秒，等待着一通电话，祈祷着一封来信，哀求着一个信号的出现。剪报中好几次出现他亲生母亲的照片。那是一位年轻漂亮、衣着得体、心平气和、知书达理的女人，即使在痛苦中也表现出良好的修养。她曾做出过一个不太糟糕的假设（众多假设中的一个）：假设绑匪是一个膝下无子的女人。她请求绑匪将心比心，设身处地地想象一下她所承受的痛苦，并且向绑匪保证，如果归还孩子，他们一定会慷慨解囊。我可以看见他父亲的照片，他比妻子年长，也许是他那遮住了下巴的胡须以及那段日子的痛苦让他看起来显得更加苍老。我以一种奇怪的方式进入到夜幕下的那栋房子里，失去儿子的伤口让整栋屋子蔓延着令人无法忍受的痛苦。我可以凝视着那个女人，她在床上翻来覆去，笼罩在悲伤的绝望之中，却又不失得体，与家具的典雅风格相得益彰（小说花了很大的篇幅描述那栋屋子里家具的风格），房间里的陶瓷雕塑陪她度过失眠的黑夜。明明只是文字的描述，但出现在我眼前的却只有画面，这是怎么回事？

但我在追随故事主人公的心路历程的同时，也看见那个绑匪（假冒母亲）路过婴儿车所在的商店门口。我看见她停了下来，入迷地欣赏着车里的婴儿，也许就是在那一刻，婴儿引诱般地向她伸出双臂。我看见她朝面包店里望了望，犹豫了几秒钟，最终非常自然地推走了婴儿车，如同推着自己的孩子一样。我继续看着她，走了没几步，她就加快步伐，离开了那个街区。我看见她把孩子抱在怀里，将婴儿车遗弃在一条小巷子里——后来警察就是在那里找到的婴儿车。我看见她走到家门口（那是一栋普通的房子），为了避免被邻居撞见，她沿着楼梯小跑上楼。我看见她气喘吁吁地走进家门，那是一个阁楼的单间，墙壁的油漆已脱落，床上也乱七八糟。我看见绑匪把婴儿放在床上。我看见她脱掉婴儿的衣服，满心欢喜地看着自己刚刚得到的新生命。我看见她神色紧张地买奶瓶，每次去一间不同的药店，并且总是在远离她绑走孩子的街区。我看见她精心设计接下来的步骤，不露声色地将孩子登记到她的名下。我看见她先是搬去了另一个街区，后来又搬去了另一座城市，我看见她假装怀孕，假装分娩。我看见她为了抚养小孩，含辛茹苦地工作，她打扫楼梯，熬夜缝补衣服。我可以看见小孩在针线篮子和缝纫机旁逐渐长大。我可以看见孩子问母亲他为什么没有父亲。我可以听见绑架者向他解释说父亲在战争中牺牲了，她也没说是哪场战争，反正总有一场战争可以为失踪的男人们负责。尽管故事发生在一个我不了解的国家和时代，但对我而言，那些虚构的生命和故事却仿佛真实存在着。我尤其能够体会故事主人公的心理进程，他在翻看剪报的同时，也渐渐明白了自己为什么一直都对周围的事物抱有一种奇怪的感觉。他并不属于那里，他原本是属于另一个世界的，却不幸被人夺走。当他不知所措地从假冒母亲的床边站起来，拿着其中一张剪报走向镜子，想要将自己与亲生父母的五官进行对比的时候，我竟然也奇妙地做出了相同的行为。出人意料的是，从床上起身走向镜子的人其实是我。在那之后几天前往主人公的亲生父母（我的亲生父母）居住的城市、只为了看他们一眼而在他们家附近转悠的人也是我。同样也是我，在意识到假如一切没有被扭曲我的生活将是什么模样时，感到极度惊讶。是我，在设想着如何能接近我的亲生母亲（她已经是一位老妇人）并告诉她，我回来了，母亲，我是你的儿子。我继续住在那个完全不透明的世界，我的身体被困在那里，但与此同时，我却不可思议地进入了那则故事的空间。这是怎么回事？

那场经历极具毁灭性。从小说中走出来的我发生了转变，没有人发现我变成了一位读者。同时我也变成了一个私生子，因为我肯定也不是父母的亲生儿子。尽管我的确和母亲长得很像，但就在那时候，出现了一个词来帮我解释这个现象——它也成为对我的人生影响最大的词语之一：拟态。有一个女人住在我家附近，她的面孔跟她家的狗一模一样，父母解释说相互靠近的物体会长得越来越像，这个现象叫作拟态。剩下的就是怎么解释绑架的问题了，因为母亲那时已经有好几个孩子了，没道理再绑架一个——除非那几个孩子的出生造成了她某种心理上的病态。

从多个角度来看，那则故事都仿佛是一块基石，它也为我日后对父子关系（作者身份的变形）的迷恋奠下了根基。我在《布拉格两个女人》中花了很大篇幅来讨论父子关系。在某段时期，我除了越发对自己的亲生父母产生怀疑，还将《读者文摘》的那则故事改写成了我自己的故事，于是，我同时变成了故事的主人公和作者，但那两个角色都不太现实，因为那时候我只有十二三岁，而且真正的作者是个美国人（我不记得他的名字了）。从那时起，我每读到一个喜欢的故事就会把它改写成我自己的故事。从某种意义上来说，我对那些故事所做的事跟那篇小说中的女人对婴儿所做的事是一样的：我将它们劫持，将它们带回家，像它们的亲生父亲一般，带着病态的热情抚养它们。如果说有人不计代价地想要小孩，那么我则是不计代价地想要故事。我在很短时间内就拥有了八九则故事（有意思的是，那也是我母亲所拥有的子女的个数）。我想要表达的是，我从什么书都不读，一下子变成了什么都读。阅读成了能够带我逃离那个家庭、那条街道、那个街区、那层不透明的一道裂缝。

　　同时我也幻想，父母其实并没有九个孩子——因为这个数字太不现实了——而实际上只生了一个孩子，那即是我。因此，我们一家很幸福，没有经济上的问题——经济问题看起来仿佛是一切问题的根源（下层结构和上层结构）。父母彼此恩爱，也很爱我，而我则以当一名好学生来回报他们的爱。独生子也就意味着能够拥有自己专属的卧室、专属的书桌和专属的抽屉，这样一来认真学习对我而言也就不成问题了。那个家里有手榴弹的男孩（"我家很奢华"）就是独生子，从他的衣着、言谈，以及走路和坐下的方式就能看得出来。在那个年代，独生子很罕见，但九个孩子的家庭也不多。我也曾幻想过一和九之间的某个数字，但要在兄妹中选择淘汰哪几个保留哪几个，让我的良心颇为不安。当那种不安变得无法忍受时，我就换一个角度思考，想象我是兄妹中唯一一个未出生的孩子（少一张嘴是一张嘴）。于是我想象自己并未出生，像个幽灵似的待在家里。我和他们一起起床，一起上学，一起吃饭，但家里发生的事都与我无关，因为我根本就没出生。哥哥与父亲开始频繁地激烈争吵，我非常害怕，比父亲与母亲间的争吵更让我害怕。但当我说服自己、相信自己并未出生后，我对他们的争吵就毫无所谓了。我带着中立的态度对待他们，如今，随着时间的流逝，我发现那种中立非常残忍——尽管对于一个并未出生的人来说，那是再正常不过的事。

日子一天天过去，我一直在寻找这个想法的后续版本，我构思出一个故事，一对夫妻生了一个孩子，还有八个未出生的孩子。那八个未出生的孩子以某种我在那时候觉得真实可信的方式相互之间保持着联系，也同那个出生了的孩子保持着联系。我以这种方式创造了一个有着九个孩子的家庭，其中八个并不存在，这一点从经济方面而言对家庭非常有益。

我还记得在《读者文摘》看到的另一则故事，一个男人某天在下班回家的路上突然丢失了记忆，不记得自己是谁了。由于没有随身携带证件，于是他前往警察局寻求帮助。警察在对他进行了简短却没有任何成果的询问后，将他带去一个地方，那里全是和他有着同样问题的人。人们在那个街区漫步闲逛，忘记了自己是谁。除此之外，他们的生活与常人无异，与之前居住的世界一样，他们也进行着经济上和情感上的往来。后来，故事的主人公恢复了记忆，但他却没有告诉任何人，因为他发现那些恢复了记忆的人都会被送回之前的（外面的）世界，那个比此刻所处的地方更为粗糙的世界。他很快发现还有好些人也和他一样，因为不愿回到过去生活的束缚中而假装继续失忆。我在那个人物身上看到了自己的影子，对我而言，忘记自己是谁同样也是一种特权。我不止一次地在经过警察局时想要走进大门，告诉他们我失忆了。但我缺乏勇气。

还有一则故事，同样是关于父子关系，对我的影响很大。在故事的开端，一个男人在一次事故中失去了唯一的儿子，他的妻子因极度痛苦而失去了理智，住进了精神病院。某天，当他在公司附近一家常去的餐厅独自用餐时，走过来一个女孩子，向他自我介绍是他逝去的儿子的女朋友。男人模糊记得儿子生前有个女朋友，但由于和儿子从来都不太亲近，也就没有关心过他女朋友的事。此刻，他认出了站在跟前的女孩是在葬礼上引起他注意的几个痛苦的身影之一，也是他后来在整理儿子的遗物时发现的几张不知该如何处置的照片上的主角。故事的作者花了很多笔墨来描写女孩的容貌，说她长着鹰钩式的鼻子。我在字典里查找"鹰钩式的"这个词，它的意思是"鹰的或是拥有该动物的某种特征的"。一开始，我很难想象一个长着鹰钩式的鼻子的女人是什么模样，直到我发现母亲的鼻子恰好就是那样的。于是，我非常佩服作者用词的恰当，尽管后来每当我想起那则故事的主人公时，脑海中都会浮现出那个女孩的面孔，仿佛她不只鼻子是鹰钩式的，而且整个脸都是鹰钩式的，也许是因为作者说她长着一双很小很锐利的眼睛（我也不得不翻字典查了"锐利"这个词）。其余的描述呈现出这样一个女孩：任性固执，却无依无靠、被遗弃、孤零零……这些看似矛盾的描述却不可思议地营造出一种复杂的情绪，深深抓住读者的心。

它不仅仅抓住了读者的心，也抓住了小说主人公——过世男孩的父亲——的心。男人请她坐下来喝杯咖啡。通过与她交谈，男人体会到自己与儿子有着多么大的分歧。事实上，他对儿子一无所知，但透过儿子的女朋友，他认识到儿子是一个充满活力、兴趣广泛且雄心勃勃的年轻人，在某些方面让他想起年轻时的自己。他于是感伤不已，后悔没能在儿子活着的时候多给他一些关爱。在女孩离开前，他邀请她改天去家里拿她和男朋友的照片，顺便选一件男朋友的遗物，留作纪念。

几天后，女孩如约来到男朋友父亲的家里。我对他们的见面记忆深刻，仿佛我也在场似的。至今我依然能够看见男人家装饰"典雅肃穆的"（原文就是那样描写的）前厅。

我能看见老成的男人和年轻的女孩从过道走向书房，男人将儿子的遗物放在书房，让女孩挑选一件她最喜欢的。我看见（仿佛一切就在我眼前）皮制靠背椅和玻璃柜，柜子里分门别类地放满了书。我看见房间里的性躁动，仿佛我也经受着煎熬，仿佛我同时是那个男人也是那个女孩。换作是我，我会接近她，毫不迟疑地用性来接近她。然而小说中的人物却并没有这么做，这让满怀期望的读者非常失望。我意识到，这是一场战略性的失望，我也意识到文学（如同我将在多年后读到的）即是一场"失望的等待"（与柏格森①对幽默的定义相同）。小说最妙的地方在于，从那之后，男人开始默默关心那个女孩，而女孩却并不知道自己有这么一个守护天使。要是有人也用同样的方式守护着我，该多好啊。

沉迷在虚构的世界里让我更加远离学业和现实，但也让我再次过上双重生活。如今我是读者，而之前我是国际刑警组织的特工，这两种身份都是地下的、秘密的，将我从官方生活的苦难中解脱出来。就这样，夏天来了，随之而

---

① Henri Bergson（1859—1941），法国哲学家、作家。

来的是许多科不及格的成绩单，于是父母为我在露丝学打字和速记的那所技校报了名。我就是在那时候了解到技校提供的是一种更全面的教育（文书教育），其中有一门叫作"通识文化"的学科，把学校里各个科目的零头混在一起编制而成。在"通识文化"中，我和露丝选在了同一个语法班，语法课的主要内容之一是听写。

语法课的老师奇迹般地安排我坐在露丝的旁边，我们坐在教室的后排，凳子仿佛是书桌与桌板椅的杂交品种。我穿着短裤，露丝穿着半截裙。我们在桌上写字的同时，我的左腿渐渐靠近她的右腿，挨在一起，犹如一场持久的爱抚，这场地下活动并没有被杂交书桌上方的任何事物暴露。仿佛我们的下半身不再受上半身的支配。上面发生着一些事，而下面则进行着另外一些事。就这么简单。

但情况同时也很复杂。每当我在课间靠近露丝，企图在她的眼睛或嘴唇找寻她的双腿在课堂上表现出来的热情时，我所得到的不是敌意，就是漠然。她总是把我当小孩子对待，不太瞧得起我。渐渐地，我认为她的大脑并不了解她的双腿在做什么。这一点在我们居住的那个如此分裂的世界里并不奇怪；在我们居住的世界，表面生活的下方总是藏着另一种生活。我隐约意识到，现实被分成了两半（其中一半是看不见的），尽管它们是互补的，却注定永远无法相遇。

那是一个诡异的夏天，我因身体（和情感）的分裂而感到困惑。仿佛我们的影子彼此相爱，而我们的身体却彼此忽视。会有这种事发生吗？夜晚，我躺在床上，想象着我的影子和露丝的影子偷偷在街区某条巷子的瓦斯灯下见面，用全身——而不只是半身——疯狂地相爱。瓦斯灯的灯光为世界营造出一个无法言喻的内心维度。故事在每一个夜晚、每一场失眠中发展，在我的脑海中成长，我甚至谵妄地幻想到我们俩的影子结了婚，有了孩子。从某种意义上说，那是真实发生的事，因为我们俩的腿越是靠近，我们俩的面孔就越疏远。后来，每当想起露丝，我就会想象她的影子与我的影子在城市的某个地下室过着幸福的生活，膝下儿孙满堂，家族的网络愈发壮大。

大概是三四年前，我在马德里书市签名售书，一位妇人（我在这里用的是"妇人"这个词的最贬义）走过来，请我为她签一本书。

"请问名字是？"我问。

"露丝。"她说。

我按习惯签了名（"致以我最诚挚的祝福"或类似的

话），然后把书还给她。

"你没认出我来吗？"她追问道。

我看了看她，立即明白过来，站在眼前的是露丝，尽管当年那个露丝的身材和眼神都荡然无存。她缺了一颗牙齿，在我们交谈的同时，我的目光好几次都极不礼貌地看向那个洞。然而她好像并不介意，她没有意识到那颗缺牙的存在，也没有意识到自己的衣冠不整。她告诉我她和街区的一个傻瓜结了婚，并详细描述丈夫的模样，到后来我不得不假装明白了她说的那个人是谁。接着，她戏剧性地停顿了一下，回忆起我们的双腿在听写课上的摩擦。我请求她别再说了，在过了那么多年后才承认当年在课桌下（在现实或世界的另一半）发生的事，在我看来是一种亵渎。

"别再说了。"我请求道。

"好吧，我不说了。"她表现出一丝可怕的冷漠。随后，她看到还有很多人在等待签名，于是向我告辞。在离开前她问我是否需要付钱买这本书还是说我会送给她。

"我送给你。"我一边说，一边向书商示意。

我看着她远去，她走路有些摇晃，好似胯部有什么毛病。我在地上寻找她的影子，尽管那天阳光明媚，但我却没能找到。我回到家，把自己关进浴室里哭泣，不是为露丝也不是为自己，而是为细胞哭泣。站在镜子前的我就是这么荒谬地对自己说的。我为人体的每一个细胞而哭泣。在说出那句话的同时，我坚信在生物学中细胞是人体最基本的单位；我发现每个细胞都被赋予了某种独立的功能；我意识到只有在显微镜下才能看见细胞。

在影子的世界（或者说细胞的世界）以它自身的方式发展的同时，现实的世界却越来越糟：那些六月没及格的科目，在九月的重考中也一门都没通过。

就在那个时候，发生了一件改变我命运的事。和任何历史上重大的灾难（以及严重的偏头痛）一样，一切都始于一束光环、一起流言、一个从现实的高处几乎无法察觉的地球运动。几个月前，在洛佩兹·德·沃约斯街的另一侧（在曼图阿诺街与普拉迪约街的路口）新开了一间面向留级生的补习中心。据说他们的教学方法非常有效，那里的学生在九月的补考中取得了奇迹般的进步。父母得知这个消息后，就替我在那里报了名。补习中心的老板兼主管是一名神父（布劳略神父），他挺着巨大的肚腩，穿着由无数红色和紫色的条纹绘成的衣服，看起来就像昆虫的腹部。他的脸部肿胀，我后来一生中常常在某类酒鬼（并非所有酒鬼）身上见到那种面容。母亲带我去见他，他在街上接待我们，双手插在教士服的口袋里跟我们说话，这姿势让他的肚腩看起来更明显，好像他以此为荣似的。他的态度里有一丝故意的粗俗和莽撞，在跟母亲聊了几句后，他像检查商品一样从上往下将我打量了一番，然后发表了一出令人费解的结论：

"剪裁不错。"

我简单描述一下：那并不是一间补习学校，而是一个炼狱中心。布劳略神父有两个亲信，一男一女，我不记得他们的名字了：如果我没记错的话，女的教数学和法语；男的教其他科目。你只要稍稍犯了一点错，他们就会打你，一起打或是分开打。他们三人把各式各样的刑罚工具带有威胁意味地摆在桌上。最令人痛苦的（至少对我而言如此）是一根又长又柔韧的细棍。他们让你跪在地上，面向墙壁，双臂水平伸开，然后用那根细棍抽打你的大腿和臀部。当那个女的鞭打我时，我羞愧得要死；当神父或那个男的鞭打我时，我则愤怒得要死。一旦回到我的座位，身体上巨大的痛苦随即转变为心理上的难受，那种难受会伴随我一整天。尽管我极力克制住眼泪，但每次最后都会像个婴儿似的抽泣。其他同学也一样，包括那些最坚强的小孩。那个女的的惩罚方法中，有一种是使劲扯你的耳朵，直到耳朵快要被撕裂为止。你不能抬起手护住耳朵，因为那样只会让力度加剧。她把你的脑袋朝她的身体拉，因此你的脸不得不蹭到她的乳头。她的乳头很大，形状也不错。

我很快就发现——尽管是以一种模糊的方式——教学不过是幌子，那间补习中心其实是那三个变态开的一所妓院。当我在夜里回想起被刑罚的情景，我懵懵懂懂地意识到，他们在折磨我们娇弱的身躯时，脸上呈现出的奇怪表情是性快感，是性兴奋。我们很瘦弱，并且穿着短裤。他们在惩罚我们时，目光常常迷失在短裤边缘大腿露出来的地方。偶尔他们会大发慈悲，让你自行选择受罚方式，也就是所谓的，你自己选择是绞刑还是枪决。你站在那里，面对神父或那个女人（有时候同时面对他们俩，因为一起纵欲对他们而言并不奇怪），这时你需要在两种方式中做出选择：要么双臂水平伸开，跪在地上，让他们鞭打你的大腿；要么握紧拳头手心向上，让他们用尺子抽打你的双手。那把尺子的特别之处在于，它会让你感到无比疼痛，却并不会在你的手上留下任何痕迹。在这种情况下，他们会允许其他学生向受罚者大声建议应该选择哪一种方式。

那些刑罚成了正儿八经的性启蒙课程，从同学们的脸上不难察觉出性兴奋带来的反应，类似的表情我们也在老师们的脸上看到过。如果从幽默的角度来看待，我们在那里受到的是发生在妓院里的英式鞭刑①。某些日子，布劳略神父会在教士服外面绑几条配套的皮带，后来我们在色情影片中也看到过类似的皮带。用妓院的术语来说，他就是一名老鸨。体罚在那个年代很常见，我在克拉雷的学校也受过体罚，但远没有那么严重。而且在克拉雷，体罚是教导主任的特权，也许是因为他的肚腩不像布劳略那么大，于是他也就更容易获得满足。

一天，在某堂课上，那个女的对一个身体虚弱的男孩异常残暴，男孩吓得自尊全无，尖叫着请求她别再打了。这时候，另一个男孩说道：

"每当她体罚我时，我都会硬起来。"

有人发出几声奸笑，旨在掩饰那句坦白带来的慌乱，但谁也没有说话。谁也没有说话，多年后，我才在精神分析师的长沙发上推断出，那是因为那个男孩一语中的，一针见血地道出了在那里所发生的事：他们正以一种淫秽的方式对我们进行性快感的启蒙。

---

① "英式鞭刑"是一种常见的体罚形式，又称为打屁股，常见于性虐恋（SM）中。

在那种压力之下，我开始努力学习。我变成了那种不打不成器的小孩。我发现要记住一个法语单词或者欧洲首都之间的关系是惊人的简单，不敢相信自己从前竟然没有意识到这一点。然而，尽管我为了不再挨打而好好学习，但他们依旧打我。总有些没做到完美的地方，成为他们惩罚我的借口。另一方面，其他同学受体罚带给我的痛苦几乎跟我自己挨打时的痛苦不相上下，让我忍无可忍的其实是那个凌辱的大环境。我每天晚上失眠，饱受第二天即将发生的回忆的折磨——因为每一天都是与前一天一模一样的凌辱，偶尔有一些短暂的休息间隙。我隐约觉得，那些休息间隙与老师们的性疲劳有着不可分割的关系。

周末更是让人胆战心惊，因为休战期越长，重蹈覆辙的恐惧也就越强烈。我常常在周日的下午到洛佩兹·德·沃约斯的电影院去连看两场电影。如果经济状况允许，我会在两场电影的间隙买一支烟（一支 LM 牌），在放映厅的厕所里模仿电影人物的表情把它抽掉。四五个小时后（为了使自己麻醉，我通常连续看两遍同一部电影），我被电影院从它的"食道"里吐出来，回到现实之中，恐惧犹如一只被困在窝里的狐狸，驻进我的胃里。

于是，我在街区里狭窄的街道中闲逛，故意绕远路，尽可能推迟到家的时间。因为一旦回到家，距离返回地狱（或者说地狱返回你体内）就只剩下吃晚餐、睡觉和起床了。尽管我努力模仿电影主人公的从容不迫，但随着晚餐时间的临近，藏在我体内的狐狸开始躁动，用爪子挠我，我不得不冲进厕所，试图将它从屁股排出体外，却是徒劳。

在那段日子，我右脚鞋底的一颗钉子错了位，走起路来挫伤了我的脚掌。那个年代的鞋子通常都有那个问题，如果拿到补鞋店很容易就能修好，但我却连续好几周每天穿着那双鞋走路，任伤口越来越严重，希望有一天能感染破伤风，从而死去。因此，我走路的时候将全身的重量都放在右脚，咬紧牙齿，强忍着钉子的刺痛——那是一种甜蜜的痛，它将带我离开那间学校，带我离开那个街区，那个家庭，那种生活。每天晚上，当我脱下臭袜子，看见凝固的血块，都会被身体超强的造血功能震惊。我喜欢用指头拨弄那个裂开的伤口，但即便这样，伤口也从未感染过。

要想死太难了！但同时也太容易了！时不时就会出现某家人因为火盆（跟我们家桌子下面的烤火盆一样）燃烧不当而举家迁往另一个街区的新闻。人们把它称为甜蜜的死亡，因为你在睡梦中死去，毫无知觉地从一侧迈入另一侧。我有时候会用铁棒翻动火盆里的炭，激起熊熊火焰，琢磨着如何可以引起那会将我救赎的毒气，却什么也没发生。还有一些别的自杀方式（比如，从高楼的窗户跳下），但是如何才能积攒足够的勇气呢？

难道我的父母不清楚发生在补习中心的事吗？父母住在另一个世界。也许他们知道，但他们觉得那样做没什么问题。也有可能他们觉得那样不好，却假装没有看见，因为在那个困难年代养活九个孩子所要面对的麻烦事已经够多了。另一方面，我也从没告诉过他们，那些体罚让我羞愧得无法启齿。让受害者而不是刽子手感到内疚和羞耻，这种心理机制真是奇怪，但也十分普遍。

在某个恐怖的周日下午，我决定第二天不去上学。那个周一在我的记忆里犹如一系列电影片段，而电影的主角是我。我带着冻僵的身体起床（那很正常），和兄妹们一起吃早餐（一群模糊的身影），然后将围巾交叉系在胸前，穿上一件夹克（是从哥哥那儿捡来的夹克，有时候也作外套用），走出家门，朝学校的反方向走去。我像个逃犯似的靠着墙边走，害怕遇见同学或认识的大人，那样我将不得不放弃那个罕见的决定。因为我不是那样的人，我没那么勇敢，之前从未逃过学，逃学并不在我的能力范围之内。同时那也是一个缺乏考虑的决定，如果学校发现了怎么办？

如果他们通知父母,明天将会发生什么?后天又将会发生什么?……那时候我应该还不知道"车到山前必有路"这句话,但那次逃学就是一场"车到山前必有路"的逃学。

于是我就那样,穿着短裤和长袜,把捡来的夹克的衣领立起来,以尽可能地抵御寒冷。我戴着破旧的毛线手套,手指头从破洞里露出来。我背着父亲在作坊为我制作的书包,那是我去年三王节收到的礼物。书包上满是铆钉。背带上的洞是用一个叫做打孔器的工具打出来的,父亲过世后那个打孔器碰巧落到了我的手里。打孔器,听起来像是儿童书里某个人物的名字。某天,我一整个下午都在倒腾那个打孔器,用它在一条皮带上打孔,并由此感到一种荒诞的、类似于用手指捏破气泡纸的愉悦感。我将打孔器放在一个抽屉里,抽屉下面即是我保存父母骨灰的容器。在那个周一,我就是从骨灰主人(我父母)的家里走出来,朝着学校的反方向走去。我朝反方向跛着脚前行,将身体的重量放在受伤的那条腿上,放在那只被鞋底的钉子挫伤的脚上——那颗本应将我置于死地的钉子,因为破伤风即意味着死亡。

尽管已经过去了那么多年,我至今依然在街道上奔跑着,想要逃避那间学校的虐待带给我的羞辱。我写下这些文字的此刻跟那次逃跑差不多是同一个时间。光标在屏幕上紧张地移动着（这是因为我写得很快，像逃跑似的写，埋着头，带着无限痛苦的表情），房间里放着小提琴曲（巴赫）。我通常喜欢安静地写作，因为音乐会分散我的注意力，但是今天，由于缺乏描述那个周一的勇气，我放了音乐。我放音乐是为了分散注意力，然而音乐的韵律却与我敲打键盘的节奏相吻合，我的手指敲打键盘的声音像极了那个周一的早晨街上落下的雨声——我的逃跑刚开始没多久天空就下起了雨。也像极了钉棺材的声音。我不得不在某个屋檐下躲雨，我站在那儿，看着行人快步经过。有些人撑着伞，但并不多，因为在那个年代（至少在那个街区）雨伞还是一件奢侈品。于是，我一边听着巴赫，一边听见落雨的声音。雨很大，落在不平整的石头铺就的路面，雨滴撞击路面的节奏与我的手指肚此刻敲打电脑键盘的节奏相吻合。我的手指假装在写作，而实际上它们却在敲打棺材的钉子，试图将那些日子彻底封存起来，将一本形如棺材的书装订起来。当一切结束，当我完成这本书，或者说完成这具棺材时，我将把父母的骨灰撒向大海，同时也将与自己的过去告别，与那个穿着短裤长袜、带着巨大的痛苦和未卜的前途、站在屋檐下、被我们遗弃的男孩告别，与那个无比接近死亡的男孩告别。那个男孩带给我的愤怒多过怜悯,因为他并不属于我。眼下这个听着巴赫猛敲键盘的成年男人不可能来自那个没有前途的小男孩。我或许可以炫耀我是如何努力获得今天的成就的,却很难通过曾经的我来理解现在的我。要么我是假的,要么那个男孩是假的。我想起电影《银翼杀手》①里的情节,复制人看着他们的假父母、假兄妹、假祖父母的照片,编造一个假的家庭故事(所有的家庭故事都是假的)。很久以前我就开始怀疑,其实我们所有人,也包括读者您,都是复制人,只不过我们不知道罢了。我们被植入了假的记忆、捏造的生平,目的是不让我们意识到自己是复制人。我的童年被分配到的角色是那个男孩,那个在他一生中第一次也是最后一次逃学的过程中被我们遗弃在屋檐下的男孩。

最不可思议的要数两件事情同时发生了。我在这里写作,背景音乐是巴赫,而我同时也在那里,在屋檐下看雨。有时候,一件事发生在另一件事之后,但并不是按照真实的顺序发生的:首先,我是个成年人,在听巴赫,随后,我是个小男孩,在屋檐下快要被冷死了。对我而言,年代

---

① 一部1982年上映的美国新黑色反乌托邦科幻电影。

顺序像字母顺序一样随意：在我的脑袋里，它并非随时都能正常运行。今天就出了差错。于是我同时出现在这里和那里。在那里，为了不引起路人的注意，我沿着屋檐往前走。在下雨的日子，屋檐有时会脱落，掉下来砸死街上的行人。既然鞋底的钉子和家里的火盆都没能要了我的命，那么我希望屋檐可以做到。我往上看，看见一栋潮湿的房子，墙上的砖又旧又脏，如同天井的墙壁。那时候我所生活的街区就是那个模样，犹如一个天井，而我则像一只没长眼睛的老鼠，在迷宫里盲目地乱窜，在门廊寻找庇护所。

如果淋了雨，我可能会死于肺炎，但我决定再给屋檐一次机会。如果屋檐没有脱落，那我就去淋雨。我默数一百步，寻找最老的房子、最破损的屋檐。一百步数完后，我又数了一百步，之后又再数了一百步（我习惯以三次作为一个系列）。然而什么也没发生。我继续活着，活着并痛苦着。于是我来到马路中央，走在雨中。那时大概是十一月，也可能是十二月初，跟现在一样，我在写这一章的同时，也被困在紊乱的时间顺序中。冰冷的雨水落下来，无情地浸湿了我的夹克。有几滴雨水落在脖子上，顺着我身体的天井流了下去。在那个世界，一切都是天井，包括我的背。

我穿过一片空地，那里是今天的克拉拉德雷街和科拉松德玛利亚街一带，然后走到克拉雷学校附近，我在那里念到上学期期末。我希望学校操场的大门是敞开的，这样我就能从那里溜进教堂。但所有的门都关着，学校看起来像一座堡垒。由于早晨的光线很暗，教室的窗户都亮着灯。就在那时，我想到可以去教区教堂里待着，于是我沿着卡塔赫纳街前往洛佩兹·德·沃约斯。我意识到，淋雨也不是一个容易的死法。事实上，我全身已经湿透，冷得要死，痛苦得不能再痛苦。我悲伤地哭了起来，惊讶地发现眼泪跟雨水混在了一起。人们都盯着我看。

我在教区教堂的长凳上坐了一个钟头，也许有两个钟头，我不知道。也许我在那儿只待了一刻钟，却像七刻钟那般漫长。我没手表。那个年代的小孩通常都找街上的大人问时间，但那天我却不敢问，因为我怕人们会因此发现我没去上学。我向上帝祈祷，向圣母祈祷，向圣徒祈祷。我在一尊异常写实的耶稣受难像前跪下，祈求他能做点什么，让那一切早点结束。我记得我在如此悲伤的情绪中，讽刺地问自己：我是在向谁求助？向一个被鞭打、被唾弃、被钉在十字架上的人——即便他是上帝的儿子——求助？直觉告诉我这情形有些滑稽，但我很快就把这种感受审查删除掉了。

随后，我走到市场附近的街道晃悠，那一带很危险，因为补习中心就在附近。假若我就这样坦然地走进去上课呢？我就说，我睡过头了。他们难道会狠心得连一个衣服湿透、头发滴水、全身因为寒冷和恐惧而颤抖不已的小孩也不放过吗？也许他们会心生怜悯。但我早已明白，怜悯只会让那三个虐待狂更加兴奋。

最终，我的双脚在大脑没怎么反对的情况下决定回家。母亲见我进门，惊恐地问我从哪里回来。

"我没去上课。"我一边说，一边擤鼻涕，抹掉脸上的眼泪和雨水。

"为什么？"

"因为他们打我。"

妈妈脱下我的衣服，用一条毯子把我包起来，又拿了一条毛巾擦干我的头发。然后她递给我一杯热饮，点燃桌边的火盆。我就在火盆边坐了一上午。突然，妈妈拿着一只满是血块的袜子出现在我面前。

"这是什么？"她问。

"没什么。"我回答道。

她要看我的脚。

"你为什么没告诉我？"她看见了伤口。

"因为我想得破伤风。"我说着就哭了起来。

当我冷静下来，母亲安慰我说她会跟布劳略神父谈谈，让他不要再打我了。她的声音里带着迁就的语气，仿佛在怪我把事情夸大了或是太过敏感了。我意识到那只会是一次休战罢了，因此，我比从前更加害怕。

我原本是希望在催眠的状态、在梦中写作这一章。我每天上床时都把它装进脑袋里，试图带它一起越过清醒的边防线。然而，每当经过安检门，梦的看守人就会发现它，如同当年在机场，保安发现了父母的骨灰，把它扣下。总之，我没办法梦见它。但我也没办法停止写作。我现在就开始写作。现在是清晨四点，我刚被门铃吵醒。我匆匆下楼去开门，以为是阿雷汉德罗或胡安忘了带钥匙出门。然而，跟之前很多次一样，响起的不过是我脑袋里的铃声罢了。

屋子在清晨的这个时刻，显得很不一样，仿佛是"另一个"屋子，隐藏在屋子潜意识里的另一个。它跟白天的屋子一模一样，又完全不同，仿佛是一栋存在于客厅的大镜子另一侧的屋子。在这个钟点，一切都被赋予了一层完全不同的意义，让人感到害怕。我也让自己感到害怕。为什么我会反复梦见门铃在半夜响起？为什么我在惊醒时无法分辨铃声到底是来自我的脑袋还是外界？难道是我在等待某个还未抵达的人？无论如何，我知道自己是无法再入睡了，于是我在睡衣外面套了一件浴袍，安静地走上阁楼，不想惊扰了伊莎贝尔。在等待电脑开机的同时，我惊慌地看着旁边的书籍。有一些书（尤其是诗集）自从少年时期就跟随着我。它们一直陪伴着我，从一个屋子搬到另一个屋子，我们一起成长。由于那些书使用的是化学纸浆，书页老化严重，摸起来手感很奇怪。也许放点音乐能让氛围缓和一点，但音乐会让我无法听见这个钟点从房间里（从我大脑的房间里）发出的声音。在这个钟点，一切都偏离了常规。

按理来说，母亲一定会将我逃学的事告诉父亲。然而父亲什么也没说，兴许是母亲让他那样做的。但在接下来的几天，我发现父亲常常带着同情和怜悯，也许还带着一丝恨铁不成钢的痛苦看着我，仿佛在心底问自己，这般脆弱得近乎病态的我，长大后会变成什么样子。我也问过自己同样的问题，我将来会变成什么样子？尽管在那件事刚过去的头几天，学校的老师当我不存在似的（这是另一种折磨），但没过几天，我就又渐渐出现在他们的视野中，继续被他们虐待。

某天，母亲问我学校怎么样。我回答她一切都好，因为我受不了再次承认在学校挨打所带来的羞辱。但事实确实如此，一切都跟原来一样，我每天睡觉前都渴望着永远不再醒来。然而我每天依旧醒来，继而进入幻觉般的清醒，在那里，所有的事物都获得了一种特殊的意义——对于走向断头台的死刑犯而言，世界也会被赋予同样的特殊意义。如果一只苍蝇停在早餐桌上，我能像透过放大镜一般清楚看见苍蝇的一举一动。如果一滴牛奶滴在了地上，我能像慢镜头回放那样观看整个落体过程。如果在街上与一位盲人擦肩而过，我能奇迹般地记得拐杖头在地面的运动轨迹。当我抵达教室，我的脑袋里满是奇奇怪怪的画面：苍蝇、牛奶和拐杖头，然而这些画面却以一种古怪的方式为我在这充满敌意的现实中筑起一道防御。我在心里已经默默接受了那个学期都得待在那间补习中心的事实，于是我将全部精力都放在寻找在下个学期离开这里的办法。如果找不到离开的办法，我就在夏天自杀。

就在那段时间的某一天，母亲的弟弟来家里做客。他是传教士，在非洲工作。他跟我们一起吃了点点心，拿扑克和硬币跟我们变了几个魔术，然后就消失了。那天晚上，我听见母亲说，对一个女人而言最伟大的事莫过于拥有一个当神父（以及传教士）的儿子。我已经不是第一次听见她说那句话了，但在那一天，那句话被赋予了一种特殊的含义（类似于苍蝇、牛奶以及盲人的拐杖的特殊含义）。突然，我看见了一条裂缝，可以从那里逃离学校、街道、家庭和生活。然而，我并没急着逃跑，一方面害怕被发现，另一方面则是因为我需要时间来消化当神父的决定。在那之前，我从未对自己的未来有过明确的打算，即便有，也绝对没有想过将自己的生命献给上帝。如果加入卡米洛舅舅的教团（科拉松德玛利亚街的教团），可能我也会被派去非洲或南美洲，从某个角度而言，学习是为了将来去冒险。

我在父亲某天生病的时候（他很少生病）将这个决定告诉了他（试图暗示他这是一场"男人之间的谈话"）。那应该是我第一次看见他发烧躺在床上。他因为骑 Vespa 时没有在外套里夹几张报纸挡风而得了肺炎。那时候是冬天，我刚放学回家，天已经黑了。我坐在床尾，陪着他，等待那句已经酝酿了好几个星期的话从嘴里溜出来。

"爸爸，我想像卡米洛舅舅一样当一名传教士。"我还没做好准备，就听见自己说出了那句话。

父亲拿掉额头上的湿毛巾，稍稍坐起身来。

"你说什么？"

"我说我想当传教士，像卡米洛舅舅那样。"

从某种意义上来说，父亲是一名比母亲更虔诚的信徒。他交叉阅读科技杂志和《圣经》，从两者中获取神秘的精神食粮。我从来都不知道他的脑袋里在想什么，也许他的孩子里没人知道。他也不知道我的脑袋里在想什么。事实上，他看起来有些仓皇失措。

"你想好了吗？"他问。

"想好了。"我刚说完这三个字就停电了，跟我向"维他命"的父亲马特奥请求加入国际刑警组织工作的那天一模一样。也许这两个请求的本质都差不多。

很快，母亲握着一根点燃的蜡烛来到房间，把它放在床头柜上。她叹了口气，在床尾的另一侧坐下。气氛变得有些阴沉。蜡烛的火焰反射在衣柜中开门的镜子里。每个人都有一面作参照用的镜子，一面想要穿过它从而抵达生活的另一侧的镜子。我当时的镜子即是这一面。也许现在依然是这一面。每当我因为生病而可以一整天都待在父母的床上时，我都会长时间地幻想穿越到另一侧的可能性。那一天我伴着烛光，干净利落地越了过去。

"知道你儿子刚刚跟我说什么吗？"父亲的语气有些激

动（当然，也有些发烧）。

"他说什么？"

"说他想当传教士。像你弟弟一样。"

从那一刻起，场景开始穿越到镜子的另一侧。父亲、母亲、我和燃烧的蜡烛都在那里，烛心发出幽幻的光。妈妈站起来，激动地抱住我。

"你怎么会有这个想法？"她问。

"我仔细想过了。"我说。

"万一某天你喜欢上女孩子了呢？"她问。

"我现在就喜欢。"我回答。

我想他们并没有意识那个在摇曳的烛光中显得额外凄凉的场景其实发生在镜子的另一侧，生活的另一侧。但我知道，我知道我们神秘地越过了那条分界线。我知道余下的生命都将会发生在那一侧，虚构的那一侧，但我将在那里安然无恙地活下来。在很多年过后我才会从那里返回，构建一个真实的生活。每当那个场景在我的精神分析中出现（它出现了一千零一次，仿佛出现在一千零一夜的每一夜），我都会有这样一种感觉：我在当时忽视了某件事（在我意识到那件事是什么的那一天，我突然返回到了镜子的这一侧）。我在那时候并没有意识到，母亲从一开始就知道那是一场逃逸。对一切都了如指掌的母亲，又怎么可能没有留意到？她当时为什么没有阻止逃跑的发生？为什么自愿成为我的同谋？也许是因为她也没能找到别的解决办法。也许是因为她隐约意识到我们不得不彼此分开。某天，当我从精神分析师那里出来，为了消化刚刚在长沙发上做出的发现，我在回家前走进一家咖啡馆，店里放着博莱罗舞曲①。我在吧台坐下，要了一杯白兰地，突然明白了一件事：那种通俗舞曲中唱到的不可能的爱、不幸的爱和虚幻的爱的对象从来都不是女人，而是母亲。

余下的事就是走程序了。母亲告诉了舅舅。她替我写申请书给神学院。由于我在学校的成绩太差，等待的过程有些难熬。她告诉神学院，说我在突然之间变成了一名好学生，这在那个如此看重浪子回头的世界被看作是一种改邪归正。最终，我被录取了，九月开学。逃跑几乎大功告成。之后的几个月，我常常幻想未来，未来的主要内容将是离乡、分别与迷失，这些概念在那个年代还依然具有文学涵义。我变成了在洛佩兹·德·沃约斯的电影院看的那

---

① Bolero，一种源自古巴的乐曲，在拉美国家深受欢迎。

些电影里的人物之一，一个没有故乡的、从残酷的过去逃跑出来的人（如果人们想要了解我的过去，我必须编一套谎言）。由于我大多数时间都活在未来，而不是当下，因此我也就渐渐习惯了把在那间学校发生的事当作已经发生的过去。在那个未来，我活在丛林里，忙着构建他人的生活，因为尽管我自己的生活还未完工，却缺乏继续修建的材料。我常常想起玛利亚·何塞，想象着成年后，我会在机缘巧合下成为她的灵修导师。

好像过了一个世纪那么漫长，终于熬到了六月。由于补习中心不具备评鉴学生的资格，我们在各自街区对口的学校参加"自主"考试。我考取了非常优异的成绩，因此也就拿到了前往神学院的通行证。

那个夏天令人焦虑。随着离家日期的临近，一种我没有预见到的恐惧在胃里扎根。尽管我一直都想逃离我的家、我的街区以及那间学校，我渐渐意识到从零开始也并不容易。关于寄宿学校的信息，我知道的很少，但我怀疑想要在那种地方站稳脚跟不会太容易。我无时无刻不在想象，想象那里的情景、对话和环境。我默默祈祷一切都会顺利，一想到自己可能在离家两周后就迫不及待地要求回家，我就不禁毛发悚然。我很矛盾，既对离开充满期望，又对到达害怕至极。我听说神学院的学生大多来自农村，在那个年代，来自贫困家庭的聪明子弟是教会的中流砥柱。我无法想象他们的举止言行，他们会怎么看我，我会在那里再次成为一个什么样的异类。由于焦虑，我瘦了很多，头疼也很厉害。妈妈带我去医院，她先单独跟医生谈了谈，然后留下我和医生两个人。医生问我是否在为什么事而焦虑。我回答说没有。

"你母亲说你九月将去神学院上学。如果你后悔了，可以告诉我。"

"我没后悔。"我压制住恐慌，回答道。

他开给我一种复合维他命。那是我第一次听说那个词组："复合维他命"。它因为奇怪而给我留下了深刻的印象。在我的语言学范畴中，"复合"这个词是和"卑微"的概念联系在一起的。合起来就是自卑①。医生在我身上发现什么了，开这种药给我？我焦虑地服药，希望它能帮我摆脱自卑。就这样，事情一件件地发生，时间也来到了九月。

巧的是，在离开家的前几天，父亲的弟弟弗朗西斯科叔叔来家里做客。弗朗西斯科叔叔同时也是我的教父。他住

---

① 西语中"complejo"一词为"复合"的意思，而"inferioridad"意为"卑微"，词组"complejo de inferioridad"意为"自卑"。

在丹吉尔①，与其他生活在外国的人一样，深受我们的尊崇（那是一个人们以生活在国外为最高追求的年代）。弗朗西斯科叔叔通常在夏天带着妻子和女儿驾着奔驰车出现。他的车成为另一个受我们尊崇的对象，因为在整条街再看不见第二辆。

弗朗西斯科叔叔性情开朗，他的下巴很有意思，像美国影星一样长着好看的下巴窝。他给人一种安全感，这在我们的世界也是不常见的。由于我要去念的神学院在距离马德里两百公里外的巴亚多利德省的一个村子，弗朗西斯科叔叔主动提出开车送我过去。之前我唯一一次搭火车就是从巴伦西亚到马德里，那是一场糟糕透顶的经历，因此我对他的提议万分感激。这也让决定推迟了几个小时。唯一的问题是他不得不在开学前一天送我到神学院，但父亲打电话去学院询问了，对方答复说没问题。

妈妈为我准备行李，把前几个星期就开始标记的衣服装进行李袋。行李袋是个开口很深的灰色布袋，每个角都用金属护角加固过（也许是爸爸的杰作）。我不知道那个袋子是从哪儿来的，也不知道它之前被用来做什么，但此刻

---

① Tánger，摩洛哥北部海滨城市。

却想把头探进那个深渊，嗅嗅它的味道，看看存放在它深处的恐惧有没有留下什么气味。不知道是出于什么样的考量，最终父亲决定陪我们一起去。于是，我们站在家门口，将行李装进那条街上唯一一辆车里。我们站在那儿，接受着街里邻居的注视。我站在那儿，喉咙有些哽咽，却没有流一滴眼泪，我跟兄妹们，跟那条街道，跟妈妈匆匆地告别，没完没了的亲吻和拥抱让人有些不自在。当车子终于发动时，我朝"维他命"父亲的杂货店望了一眼。我已经好几个月没在街上碰到过玛利亚·何塞了，仿佛她被土地吞食了一般。况且之前就算我们偶尔碰见，其中一人必定会立即走向另一侧的人行道，或在最近的岔路口转弯。在旅途刚开始的时候，我一边听着父亲与叔叔的交谈，一边沉浸在令人兴奋的幻想中：我已经是一名神父了，但我并非住在丛林，而是在马德里的一个教区工作。一天，在聆听忏悔的时候，玛利亚·何塞出现在窗格的另一侧，她在不知道我是谁的情况下开始讲述她的生活，她的生活非常糟糕，于是我打算救赎她。当幻想开始唤起我的性兴奋时，我问自己，这算不算是致命的罪过，接着，我就回到了现实之中。

关于那段旅程，我印象最深刻的是沿途大片被破坏的土地。在后来的一生中，每当我乘车穿越卡斯蒂亚①地区，都会或多或少地感受到类似于那次旅行的难过。我也记得我们在半路被警察拦了下来。警察无疑是被那辆车震撼到了，他对叔叔说，汽车越过了马路中央非常狭窄的分道斜坡。叔叔向他道歉，接着，我们便得以继续前行。我问"分道斜坡"是什么意思，叔叔作出了非常细致准确的解释。许多年后，在驾照的理论考试中出现了一道与此相关的问题，在我作答的同时，那个场景从我的回忆中浮现了出来。每次提到那个词，我都会想起当时的场景。

当我们抵达神学院时天已经黑了，学院的神父建议叔叔和父亲吃过晚饭再启程返回。就在他们站在车旁讲话的同时，我看见一栋破旧的大房子的影子，矗立在一片荒地之上。包裹着房子的黑暗是如此浓密，让月亮和星星成了舞台上的主角，这情形是我之前从未见过的。

我们在一个非常阴暗的食堂里（也许是停电了，点着蜡烛，但我不敢肯定）吃晚餐。我在吃饭的过程中感到无比恐慌，因为晚餐的终点即是父亲和叔叔将我遗弃在那个阴暗、危险、远离我生活的地方的时刻。那位神父与我们

---

① Castilla，位于西班牙中部，巴亚多利德即位于该地区，是该地区的首府。

共进晚餐,他很瘦,一条腿有点瘸,比另一条腿要短得多,并在瘸腿的脚上穿着一只又大又重的黑靴子,犹如一块铁砧,仿佛他全身的重心都集中在那里(我在小说《无言书》中有过十分细致的描述)。服侍我们进餐的是一名修士,他像幽灵一般进出房间。甚至有几次我感觉他并没有打开门,而是直接从大门穿越进来的。大人们在谈论着神学院的课程安排。神父说,考虑到在这里五年就能够完成在世俗社会需要六年才能完成的课程,所以这里的课程比官方规定的减少了一年。"世俗"一词引起了我的兴趣,尽管当时的我并不明白那是什么意思。我还记得我的胃被封了起来,即便再努力逼自己吃一点东西,也什么都吃不下去。我一边嚼着食物,一边再一次在脑海中彩排告别的那一刻。我已经彩排了上千次,但我觉得那些练习一点儿用也没有。最重要的一点,我对自己说,不要哭,千万不要哭。上帝啊,只要别让我哭,我余生都会听你的话。我对哭鼻子的恐惧类似于别的小孩对尿床的恐惧。

大人们肯定都看出了我的痛苦,因为我苍白的面孔一定像一张白纸似的在一片漆黑中显得尤为突出。但为了避免陷入尴尬的局面,他们都假装没在意。他们一直聊天,有时候语速很快,有时候又慢下来,时不时会沉默一两秒，或者更短，我的恐惧被拉长，我以为行刑的时刻就要到来——我即将被处决掉。那是一场不见血、不着痕迹的处决，毋庸置疑，我将继续活着。然而，一旦父亲和叔叔在夜色中乘着奔驰车离去，一个胡安何就会死去，留下的将是火化后的胡安何，那个手无寸铁、无依无靠的胡安何，那个没有父母、孤独无助的胡安何。

他们就那样离开了，在夜色里程式化地亲吻告别过后，离开了。他们（父亲和叔叔）也害怕我会哭。但那并没有发生。我奇迹般地将眼泪抑制在了胸口。眼泪至今依然在那里。在那一刻，我一滴眼泪都没掉，包括后来只剩下我独自一人的时候。

那名服侍我们进餐的修士带我走去寝室。他说，由于我比别的学生提前了一天到达，因此今晚我得一个人睡。他问我害不害怕，我说不怕。我拖着行李走过长得看不到尽头的走廊，在楼梯上上下下，这花费了我很多力气，于是我也就无暇顾及心里的感受和身体的不适了。我带着绝望和恐惧奋力拖着行李前行，犹如战场上的伤兵，用手捧着掉出来的内脏，拼命奔向医疗营。

寝室是一间非常宽敞的房间，里面并排摆放着五十甚至上百张床——我不可能数得清。床与床之间放着一张很小的木头桌子。房间里的光线也很暗。我的床靠近房间的中部，我们把行李袋里的东西拿出来，放在床上，修士分配给我一个柜子，用来装我的衣服。随后他将我的行李袋拿走，与其他行李袋存放在同一个地方，仿若棺材的集聚点。当房间里只剩下我一个人，我关上柜子，走去位于房间另一端的盥洗室看了看，以为自己会哭泣，然而，也许是因为压力太大，哭泣的程序受到了毁坏。我无法哭泣。我换上睡衣，钻进被子里，闭上眼睛，对自己说：我将会成为什么呢？

| 尾声 |

在写完这本书几个月后的一天，我终于在推延了好几次之后，将父母的骨灰装进汽车行李箱，出发前往巴伦西亚，去了却他们的遗愿。刚驶上高速公路没多久，我就陷入了幻觉之中：事实上我正行驶在刚完成的那本书的内部。高速公路跑到了我的小说里，成为小说的一部分。那幻觉带来一种诱人的奇怪感，同时也并没影响到我的反应，因此我不敢轻举妄动，生怕它跑走了。就我的经验而言，幻觉的状态通常都像气泡那般脆弱。有的时候，稍微改变一下姿势就可能让幻觉消失，从而导致现实粗暴地坠入照本宣科的常规。我不敢放音乐，也不敢听广播。我小心翼翼地慢慢开车，尽量避免过大的动作。那一场被延期了好几次的旅行竟然成了《未完成的世界》(是的，我决定把这部小说取名为《未完成的世界》)的一部分，真是叫人难以置信。

与以往大多数类似经历不同的是，那一次的幻觉奇迹般地一分钟又一分钟、一公里又一公里地持续下去，保持着它梦一般的质感以及幻觉般的特性。就那样，我在高速公路上行驶的同时，也沿着我的小说的表面前行，尽管我前行的方向与写作的方向相反，我从后向前走，走向小说的起点，书的第一章，我在那里提到了巴伦西亚，而那正是我此次旅行的目的地。于是，我立即从一个人待在神学院寝室里的那一刻出发，经过学院的区域，以一百公里的时速穿过《读者文摘》里的故事，抵达纽约那一章，我和玛利亚·何塞坐在纽约42街的一家饭店里。如同幻觉与梦想中经常发生的情况，车窗外荒谬地同时呈现出两种截然不同的风景：一种是真实的风景，由田野、山丘、云朵和加油站构成；另一种是内心的风景，来自想象与文学，它是幻想。

每经过小说里的一个章节，我都以一种激烈的方式让那些文字复活——这一次，我是作为观众，或者说读者。我坐在车里，在明亮的光线下观看字里行间描述的故事，我在高速公路上轻巧地超车，犹如在那些行文流水的日子里钢笔在稿纸上愉悦地快速移动一般。要写出好的文字，需要用体内不理智的部分来写作，而理智的部分则被用来与他人交流，或养家糊口。我一直都认为，父亲在生命的最后一段日子里每天吃两顿饭，是为了养活他体内的两个部分。在他的体内住着一个传统的父亲，一个无趣的男人，同时也住着一个神秘的家伙，一个坚持研究电路、想要以此来照亮道德秩序的男人。

我一边想着，一边来到小说里"维他命"家地下室的那个区域，我和他的关系，和他父亲的关系，与"上帝之眼"的相遇，当国际刑警组织间谍的日子，被露丝拒绝……由于害怕幻觉消失，我全身上下一动不动，但突然下起了雨，我不得不开启挡风玻璃的雨刷。幸运的是，梦幻的氛围并未因此消失。小说里也下过雨，有几场雨是那么地绝望，犹如那些曾经下在我生命里的雨。此刻，我正走在我的街道上，卡尼亚斯街，那条伴随我童年时光的潮湿街道，街上的饮水喷泉、低矮的房子，甚至飞舞的苍蝇——在幻象中，所有细节都历历在目。我看见父亲正在作坊里，斜倚着工作台，用他的电动手术刀精准无比地切牛肉。我再次听见了那句为这部小说——兴许也为我其余的作品——奠下了根基的话（在开启伤口的同时，将伤口愈合），我后知后觉地才明白了是父亲的那个爱好造就了我的人生规划。与字母打交道的人生规划，因为写作同样也是，在感到痛苦的同时感到如释重负。也许在经历了所有一切之后，那个脆弱的小孩能够得到一些宝贵的、异于其他小孩的东西，那其中所蕴含的勇气是我父亲从未对我期待过的。

我在中午时分抵达巴伦西亚。随着我一点点从幻觉中醒过来（那个过程非常微妙，难以察觉，像极了从清醒进入梦境的状态），我才留意到外面的天气阴冷，正值严冬，空气中透着悲凉的氛围。在穿过城里那条干枯的河流时，我意识到自己变成了一个普普通通的人，一个不过是在汽车的行李箱里装着父母骨灰的人。我从来没有如此清醒地辨认出那两个版本的自己。现实变成了一个愚钝的空间，变成了条条框框的规定，住在里面的人非常现实地行事，仿佛在它的内部并不存在梦的维度或是对妄想的需求，仿佛整座城市并不是其自身的幻觉。突然之间，我从小说里走了出来，但在试图做一件能为小说画上圆满的句号的事（将父母的骨灰撒向大海）。

胡安何（也就是我）就是以那样一种方式变成了一个男人（类似于我父亲有时是爸爸有时是一个男人），来到他童年的海滩，停好车，从车里走出来，拿着那两个"英国公司"的袋子走向海边。幸运的是，海边只有几个人，两个在慢跑，三四个在散步。那天的天气是巴伦西亚罕见的寒冷，云层压得非常低。我先将妈妈的骨灰倒进海里，随后将父亲的骨灰撒在她的骨灰之上。我拿着两个空袋子，站在那儿，等待着浪花将它们带走。但事与愿违。那天的海浪很小，偶尔一个稍微大一点的浪花也只够润湿骨灰堆的底部。

我开始焦虑起来，因为我不想让它们的骨灰暴露在全世界的视野之中，也许狗会跑来嗅一嗅，也许散步的人会一脚踩上去。我把手套在其中一个塑料袋里，试图将骨灰分散开，然而润湿后的骨灰变成了坚固的泥团，海浪对它丝毫不起作用。我再一次蹲下身，为了让泥团溶解，将它在细沙子上摊开。海水冲走了其中的大部分，但另一部分却像印章一样留在了沙滩表面，形状好似某个字母。最终，我依然用塑料袋作为手套，将骨灰混同沙子一起，一把一把地扔向远处。接着，我仔仔细细地用海水把塑料袋清洗干净，不想在扔掉袋子后让自己的良心感到不安。

当我完成这项使命，穿着浸湿的鞋子离开海边时，发现海滨步道的石凳上坐着一个人，一直在观察我。那人穿着运动衣，拿着一个运动包，因此我第一反应以为他是来跑步的。随后，在我朝着他所处的位置走去的同时，我注意到他依旧盯着我，但为了掩饰我的不安（也许将人体残余物撒进海里也是被禁止的），我继续朝他走去。当我来到他身边时，他开口说话了。

"不好意思。"他说。

"有什么事吗？"我警觉地回答。

"我忍不住想问您。我刚刚好像看见您在往海里撒骨灰。"

"不允许往海里撒骨灰吗？"我有些挑衅地问道。

"不是的，我是说，是这样的……"

男人咽了咽口水，我意识到他有些窘迫，尽管我不明白其中的原因。

"是这样的，"他终于继续说道，"我七个月前就来到这里，为了将我女儿的骨灰撒向大海，然而直到今天我都没办法完成它。"

"……？"

"她的骨灰在这个袋子里。我妻子以为女儿的骨灰早已被撒进海里了。妻子很胆小，因此我向她承诺，将会完成这件事。我每天都去健身房，将骨灰放在寄存衣物的柜子里，接着在健身后把骨灰带到这里，试图兑现我的承诺。然而，我却每天都带着骨灰回到家里。"

"您怕什么呢？"我问道。

"每当打开罐子，"他说，"理智告诉我那不过是骨灰罢了。但一想到那是我女儿的骨灰……"

"骨灰,"我告诉他,"被装在塑料袋里,而袋子则被装在罐子里。"

"是啊。"

我们陷入了沉默,两个人都避免正视对方的眼睛。我不耐烦地看了看手表,因为我打算当天赶回马德里。但我还没来得及向他告辞,他就开始讲述女儿的故事:她骑着摩托车死于一场交通事故,而那辆摩托车是他们送给女儿的高中毕业礼物。他重复着人们在这种场合常用的表达:我们对父母的逝世早已做好了准备,但没准备好接受子女的死亡;子女的离世所带来的伤痛虽然可以减缓,但无法抹去;他也指出,从来没有过孩子和有过孩子又失去孩子完全是两回事……虽然他说的话我都在电影里听过或者在小说里读过,但我仿佛是第一次听说那些话,这是因为尽管他的痛苦并非史无前例,但看起来很特别。随后,他问我刚才撒向海里的是谁的骨灰,我回答说是我父母的,但没补充任何细节。我不想让我们俩之间正在发生的亲密关系(尽管我并不愿意)更进一步。我对他的遭遇表示同情,心里急着想要离开,然而他却开始对我说起,在将女儿的骨灰撒进大海以后,他也许就要跟妻子分开了。

"也许那才是我一直迟迟不想完成这件事的原因吧。"他补充道。

我问他为什么要把这两件事联系起来,他说他也不太清楚,但这是他的直觉。我心想(尽管我没告诉他),那个男人可以与他自身的痛苦(也许还有他的内疚)和睦相处,然而却不能与他妻子的痛苦一起生活。

"有时候,"他继续说道,"我想,如果有人陪我一起,也许我能够把骨灰撒向大海。但我不知道应该找谁。"

我瞬间明白了他的意图,于是我以有急事为由,向他告辞。我向他伸出一只手,他将信将疑地握住我的手,我祝他一切顺利,然后提着湿漉漉的"英国公司"的袋子准备离开。我还没走出几步,就听见他在背后叫我。我转过身去,听见他说:

"米利亚斯,帮帮我吧。"

奇怪的是,尽管米利亚斯也是我的姓,但通常我只听见人们以米利亚斯来称呼我父亲。记忆在那一瞬间汹涌而至:他的名片、寄账单的信封、他签名旁的印章……米利亚斯。我假装自己也是米利亚斯(因为这个姓氏在那一刻已经离我而去),陪他走到岸边,对他说,他应该自己亲手揭开骨灰罐的盖子,只有他能做这件事,我不能也不应该帮他。

我告诉他，袋子取出来的时候可能会被弄破，一部分骨灰可能会撒出来。我告诫他不要将女儿的骨灰撒在岸边，以为浪花会将它们冲走，因为海浪太过平和了。我说，如果他真的想要将女儿的骨灰撒进海里，他需要走向深处，浸湿身子。需要浸湿身子。人们通常使用这句话的隐喻含义，暗示在生活中有时候必须要冒险，然而在那个时刻，我使用的却是它的字面意思。真是有趣。

男人顺从地遵照我的指示，仿佛一个新手听从师傅的忠告。也许他所需要的仅仅是一个叙述者，一个声音，那个声音对动作的描述能够驱使他完成那些动作。

"那现在我该拿这个罐子怎么办？"他突然问道。

"把它放在寄存衣物的柜子里，然后换一家健身房。"我说。

男人开怀地笑了起来。我发现他从重压之中走了出来，他生活中的一个章节结束了，他从束缚着他的魔力中解脱了出来。在我们走回滨海步道的途中，我问他是谁决定要送女儿一辆摩托车的。

"我妻子，"他说，"我当时极力反对，因为我生性胆怯。我也反对过女儿的出生，因为我不想她将来受苦。我就是那么病态，所以我也不怨恨妻子。如果要治罪，我想我对于女儿周围潜伏的危险所持有的恐惧要比她的轻率更致命。事情发生了，就这样了。"

事情发生了，就这样了。

在返回马德里的路上，我一直想着那句"事情发生了，就这样了"。我想起有一次在阿斯图里亚斯①的田间漫步，在一头正要分娩的母牛前停下了脚步。我发现，在它身体里发生的怀孕，犹如在我们身体里发生的语言表达。我意识到，终归到底，我不过是《未完成的世界》的全部叙事发生的舞台。这个想法让我释怀。也许我们并非是痛苦的主体，而是它的舞台；我们不是梦的主体，而是它的舞台；也不是疾病的主体，而是它的舞台；更不是成功或失败的主体，而只是它的舞台……我是一个姓米利亚斯的舞台，就像别的舞台可能姓洛佩兹或加西亚。我是从什么时候开始成为米利亚斯的？我们是从哪一刻开始成为乌尔塔多、古蒂或梅迪纳的？当然，绝不是始于出生的那一刻。在名字从什么都不是变成一个具有准生物性的事实的那段离奇且漫长的过程中，名字都只是一个假体，一个常常与身体混淆的植入器官。然而，就像我们可能在某天早晨起床时

---

① Asturias，西班牙西北部自治区。

突然变成了米利亚斯、门内德斯或奥尔特加一样，我们也可能在另一个清晨突然不再持有那个身份。那也不是突然发生，而是循序渐进地。也许从我告别骨灰的那一刻起（那亦是结束小说的一种方式），我就渐渐不再是米利亚斯了，甚至不再是胡安何了。我想起不久前看过的一张照片，照片上的加西亚·马尔克斯①被一群年轻的仰慕者包围。他的表情引起了我的注意，看起来仿佛是某个人在冒充那位著名作家。我想，加西亚·马尔克斯已经不完全存在于那个身体里面了。我同时也想起了弗朗西斯科·阿亚拉②在百岁寿辰的庆典中说过的话："当听见各位谈论我时，"他说，"我有一种奇怪的感受。"他对自己的生活感到如此奇怪，只能说明他，至少他的一部分，已经不在那里了。然而，如果我们不知道自己是从什么时候开始成为张三的，那我们又怎么可能知道自己是从哪一刻起不再是张三的呢？

我不知道自己是从什么时候开始成为胡安·何塞·米利亚斯的，但我却很清楚自己是在那次回程（又或许那次回

---

① García Márquez（1927—2014），哥伦比亚文学家、记者和社会活动家，拉丁美洲魔幻现实主义文学的代表人物，代表作为《百年孤独》，1982 年诺贝尔文学奖得主。
② Francisco Ayala（1906—2009），西班牙文学家。

程其实是去程？）中开始不再是胡安·何塞·米利亚斯的。正是由于那个发现,旅程才显得没那么冗长。

我记得到家的时候,我有些难过,类似于当你写完也许是你最后一本书时的难过。